Macaco Simão em
Nóis sofre mas nóis goza

José Simão

Macaco Simão em NÓIS SOFRE MAS NÓIS GOZA

Organização e seleção
Samuel Leon

Ilustrações
Fê

2ª edição

ILUMINURAS

Capa:
Fê
sobre foto de Antonio Salomão.

Revisão:
Márcio Guimarães de Araújo

Filmes de capa:
Fast Film - Editora e Fotolito

Composição e filmes de miolo:
Iluminuras

ISBN: 85-7321-117-2

Os textos que compoem este livro foram originalmente publicados na *Folha de S. Paulo*, entre 1994 e 1999, sendo revistos pelo autor para a presente edição.

Apoio cultural:
dialdata internet systems

2000
EDITORA ILUMINURAS LTDA.
Rua Oscar Freire, 1233 - CEP 01426-001 - São Paulo - SP
Tel.: (011)3068-9433 / Fax: (011)282-5317
E-mail: iluminur@iluminuras.com.br
Site: http://www.iluminuras.com.br

ÍNDICE

MACACO SIMÃO
DIRETO DO PAÍS DA PIADA PRONTA
agradece

Ao bloco carnavalesco pernambucano "Nóis sofre mas nóis goza", pela filosofia e alegria.

A minha companheira da foto da capa do livro, a jega Carla Perez, Praia do Forte, Bahia! Estava deitado ao sol na Praia do Forte, Bahia, quando se aproximou o vendedor de cocos com essa jega maravilhosa, me apaixonei, não resisti e tirei uma foto. Essa é a capa do meu próximo livro, pensei. E perguntei ao vendedor: "Como ela se chama?". "Carla Perez", respondeu o menino. Maravilhoso! Sensacional! A cara do meu Brasil! A jega é a nossa sexy-simbol. E o cara ao lado ainda comentou: "Essa foi criada na base do beijinho". E quem nunca transou com uma jega que atire a primeira pedra!

José Simão
Um colunista sem propostas!

Já ERA FHC
ou
A MARIA ANTONIETA DO PLANALTO
ou
REI-ELEITO

Vote FHC! ACM pra presidente!

FHC quer dizer Fazendo Hora no Cargo.

Sérgio Motta diz: "Essa masturbação sociológica dos tucanos me irrita". E o que é masturbação sociológica? É dexar o povo na mão!

Piada que corre no mercado: sabe como chama a fusão do Unibanco com o Nacional? Unianal, o banco que tá por trás de você. Rarará. Entendi! Os bancos se fundem e a gente idem?

Sorbonnecos em ação! Diz que na sorbonneca e chiquérrima era tucana a língua oficial vai ser o cardápio do La Casserole.

Sivamos esculhambar com o Projeto Sivamos Faturar. O Rogério Cerqueira Leite disse que a acusação de que o Sivam tem muitos inimigos é mal colocada. A verdade é que o Sivam tem amigos demais. Rarará.

Nesses últimos meses os tucanos transformaram a ética em étitica. Étitica Tucana!

E saiu a definição definitiva de pátria segundo FHC: "Não há como amá-la sem a mala!". Rarará! E ele não me levou pra Paris porque, mala por mala, ele já tá levando a dona Pizza Hut!

Mas a melhor definição do FHC ainda fica com o Glauco: motoboy do FMI!

E corre na Internet que o Menem e o FHC se encontraram com Deus. E o Menem: “Deus, eu vou conseguir fazer o ajuste fiscal?”. “Não neste mandato.” E aí o sucessomaníaco Don Doca FHC: “E eu, Deus, vou conseguir fazer o ajuste fiscal?”. “Não no MEU mandato!”

Buemba! Buemba! Macaco Simão Urgente! Feliz 99! Não custa desejar. Rarará. Quem fica parado é poste! É pra cima que se anda! Tem alguém aí pra ler a minha coluna ou já tá todo mundo bebendo? Eu vou aproveitar a coluna de hoje pra desejar um feliz Ano-Novo para os meus principais colaboradores: Grande Painho ACM, Gagallo, Ruinaldinho, Bebeto Chupeta, Mendonça de Lamas, André Lara Revende, Culpádio de Oliveira, Xuxa, Malufrango, FMI, Pedra Malanta com a Turma do Primário Mal Feito, vulgo equipe econômica, e principalmente ao Don Doca FHC, que transformaram 98 nesta merda que foi, mas deixaram a minha coluna muito engraçada! Feliz R$ 1,99! E como disse o escorregador do Playcenter: aqui os anos passam rápido!

FHC evita pronunciar a palavra fome. É que tucano não fala “fome”, fala “estômago em estado de vácuo”!

E sabe qual a definição tucana de seca? Apenas “um excesso de falta de índices pluviométricos adequados à sobrevivência das populações sertanejas a nível de seres humanos”. Pra estragar a modernidade!

MAIS ÉTICA NA DEMAGOGIA!

Buemba! Buemba! Macaco Monkey Zé Simão Urgente! Tira o tubo e manda um misto-quente! O Don Doca FHC disse que em breve não ouviremos mais falar em desemprego. Já sei, ele vai demitir os que calculam o desemprego. Rarará!

E diz que aí o Don Doca FHC falou pro Grande Painho ACM: "Eu só adoro duas pessoas no mundo". E o ACM: "Claro, a sua mulher e o seu filho". "Errou. A primeira pessoa que eu mais gosto é o senhor". "E a segunda?" "Quem o senhor indicar!". Rarará. Que esculhambação! É mole? É mole mas sobe!

E sabe qual a semelhança entre o FHC e a Roberta Close? Ambos cortaram seus passados.

E olha essa manchete: "FHC vende imagem positiva do Brasil na Alemanha". Já sei, ele levou a "Playboy" da Tiazinha. A única imagem positiva nos últimos tempos!

E com essa crise, sabe o que um amigo meu fez? Terceirizou o pinto. Contratou um cara pra comer a mulher dele! Com a crise NÃO se cresce! E um outro dono de confecção tá indo hoje à noite comemorar: vendeu duas regatas e um moletom! E um outro que tem loja do shopping demitiu as duas vendedoras e promoveu os manequins da vitrine para ficar atrás do balcão! E ele se autodenomina empresário abelha. Passa o dia inteiro fazendo cera!

Diz que a única forma da Otan não acertar inocentes é bombardear o Banco Central.

E entrevista do FHC não se transmite, se transmente! Rarará!

E quando Cristo, na cruz, viu a equipe econômica, disse: "Pai, perdoai, eles não sabem o que fazem".

Moral da inadimplência: até quem não comprou não tá pagando.

Tô bobo! Tô bege! Tô passado! O líder do FHC é o Inocêncio?! Ops, o Culpádio de Oliveira? Todo político é Inocêncio até que se prove o contrário. E o Inocêncio não é aquele que deu o truque no caso do poço? Agora é um poço de virtudes? Rarará! E sabe como ele declina o verbo poder? "Eu poço, dois poços, três poços."

A grande piada da semana fica com o Mauricinho do Trabalho anunciando o BRUTAL aumento do salário mínimo. Agora precisa perguntar pro Pedro Malanta, o mais novo mamífero da Parmalat, onde aplicar esses dez reais. É muito dinheiro pra ficar parado!

E eu não sou contra privatização. Ao contrário.
Sou contra a picaretização!

Salário: você pega, paga as contas e sabe o que sobra?
REALmente nada. Rarará!

E o Itamar não vai largar do pé do Fernando Henrique.
Cada presidente tem a Lewinsky que merece. Rarará!

E não dou nem um mês pro Serra aparecer na televisão dizendo: "Não é a Saúde que tá quebrada! O povo é que é hipocondríaco!"

Aliás, esse ministério do FHC é o Ministério Matte Leão.
Já vem queimado.

Buemba! Buemba! Macaco Simão Urgente Urgentíssimo! Ressuscita o Duque de Caxias! Guerra à dengue! Zé Serra, o Vampiro Brasileiro, chama Exército pra combater a dengue. Agora posso fazer uma pergunta bem imbecil? Se é mosquito, por que não chamaram a Aeronáutica em vez do Exército? Não é coisa que avoa?

E diz que foi assim que o Serra pegou o ministério. Ele entrou no gabinete do Don Doca FHC e espirrou: "Aaaatchim!". FHC: "Saúde." Serra: "ACEITO!". É mole? É mole mas sobe!

E aí o Don Doca FHC na Suíça foi visitar o sanatório onde Thomas Mann escreveu "A Montanha Mágica", que não é um livro sobre alpinismo. E sabe o que ele disse? "Thomas Mann teve aquelas reflexões metafísicas por causa desta vista maravilhosa." Entendi, se ele tivesse pegado um quarto de fundo, não teria escrito "A Montanha Mágica", teria escrito "A Vista É Trágica".

Pior é o Paulo Renato da Educação que quer instalar computador em escola que não tem linha telefônica. Eles fazem aqueles projetos de salão. E na hora ficam espantados: "Como não tem telefone? Quando a gente fez aquela reunião de queijos e vinhos em Alto de Pinheiros ninguém avisou nada".

E pra reereção? Planalto importa Viagra para a reereção! Pra ver se conseguem dar uma dentro!

Don Doca FHC xinga quem se aposenta aos 50 de vagabundos. Inclusive o ex-ministro da Previdência, que se aposentou aos 48? Entendi, pra fazer a Reforma dos Vagabundos nada melhor que outro vagabundo! Experiência própria?!

Grampogate News!
Sabe qual o novo apelido dos telefones do BNDES?
Teleamizade!

E diz que o Don Doca não pode mais viajar mundo afora. Corre o risco de ser pego e julgado. Pelo genocídio do funcionalismo público.

E eu sempre digo que só existem duas pessoas felizes no planeta: turista e viúva. O FHC acabou com a alegria dos dois.

OBA! Anteciparam o Carnaval! O CARNAVAL CHEGOU! Puseram um Rei Momo pra ministro dos Esportes e Turismo! Bingo!

A Turma do Primário Mal Feito invade as telas. E o Malanta admite que o país é vulnerável. Constatação chocante. Acho que não vai demorar pra ele constatar que os Beatles se separaram e que o Elvis morreu, mas ainda está alive. E que a bunda da Carla Perez é oxigenada.

E o Don Doca FHC tá certo em dizer que as mulheres têm mais privilégios que os homens: a mulher nasceu com a sorte aberta e o homem com a desgraça pendurada.

MENDONÇÃO VAI AO SENADO E TROCA GRAMPO POR ROCAMBOLE! Só enrolou! Diz que é tudo culpa da imprensa. Claro, a imprensa publicou tudo o que eles falaram. E o Brasil está sabendo o que os tucanos gostariam que o Brasil não estivesse sabendo. Moral da privatização: todos têm direito a uma Opportunity.

A Hillary veio visitar a dona Pizza Hut: "A gente nos Estados Unidos tá com muitos problemas com o Bill porque ele só pensa com o pinto". E a dona Ruth: "E a gente no Brasil tá com muitos problemas porque o Fernando só pensa com o cérebro". Rarará!

E esse é o resumo do Plano Banana Real: nos livramos do roxo pra cairmos no arrocho! Rarará! Nóis sofre mas nóis goza!

De Collor a FHC: nos livraram do aquilo roxo pra cair no aquilo froxo.

E a Célia Cruz já fez sua versão pra comemorar o primeiro ano do Plano Real: Guentanamerda! Rarará!

Eu sei por que o Don Doca FHC mandou tirar aquele quadro do Manabu Mabe do seu gabinete. É que o quadro se chama "Obra Abstrata". E ele achou que era uma crítica ao seu governo: obra abstrata!

E as viagens do Fernandoca tá parecendo aquela piada de turco. O brimo tava no leito de morte quando apareceu a filha: "Papai, aqui é Samira". E a outra: "Papai, aqui é a Soraya". E mais outra: "Papai, aqui é a Yasmin". E o turco revoltado: "E quem tá tomando conta do lojinha?". O ACM! Rarará!

E o FHC ganha doutor honoris causa. Desemprego! E a dona Pizza Hut doutora honoris causa. Barato! Rarará.

Eu vou estender uma faixa lá em Brasília: "Peru apóia Fernando Henrique". Pra ONU. E por que o FHC tá louco pro Brasil ter uma cadeira na ONU? Pra ele sentar quando se aposentar. Já tá cuidando da aposentadoria. E a ONU é o maior muro do mundo!

ONU POR ONU PREFIRO ONULULU.

E saiu a definição definitiva do FHC: presidente é pra brilhar, não pra governar. Rarará!

FHC é o Presidente Macarrão:
basta jogar na água quente que ele amolece.

Outra definição definitiva é a de um empresário: FHC sempre concorda com o último que falou com ele.

FHC parece pato desarranjado, dá uma após a outra.

Novidades da Turma da Mônica, ops!, equipe econômica. O Malan Riquinho diz que tá preocupado com o baixo-astral que assola o país. Não assola, é meia-sola. Meia-sola assola o país.
E o problema não é de baixo-astral. É de baixo real!

Confirmada vida inteligente em Marte!
Lá ninguém vota no PSDB. Rarará!

Plano Real não. Plano Loreal: só loira burra acredita.

Piada que corre nas universidades federais.
Diz que um amigo chegou pro Don Doca FHC e pediu:
"Eu quero um emprego pro meu filho,
mas que ele trabalhe muito e ganhe só R$ 2.000 por mês".
E o FHC: "Aí tá difícil porque ele vai ter que fazer graduação,
mestrado e doutorado!". Rarará!

E a situação está tão periquitante que um empresário falou pra mulher:
"É melhor você começar a aprender a cozinhar pra gente
dispensar a cozinheira". "E é melhor você aprender
a transar pra gente dispensar o jardineiro."

E como disse uma amiga minha: se o Brasil fosse coisa de veado, seria muito mais arrumadinho! Rarará!

E diz que o Brasil é o país mais católico do mundo:
até a gasolina é batizada.

E a situação tá tão braba que um amigo super bem-dotado não toma mais banho excitado pra não gastar muito sabonete.

Sabe o que o dólar falou pro real? Valeu!

Pindaíba News! Como tá a situação no Brasil? Pra ficar pior ainda vai ter que melhorar muito. E como me disse aquele outro: "Antes eu dava um boi pra não entrar numa briga e hoje eu brigo por um bife". Rarará!

E PIB quer dizer: Pobreza Individual do Brasileiro!

A violência está tão banalizada que uma amiga minha chegou pro filho: "Sua avó morreu". E o menino: "E quem matou ela?". Morte natural é coisa do passado. Agora não se morre mais de morte morrida.
Só de morte matada!

E hoje o Renato Machado do "Bundinha Brasil" acordou tendo orgasmos múltiplos com a megaprivatização. Quando fala megaprivatização, ele não chega ao final da palavra. Goza antes. Rarará. Uma megaejaculação precoce. E eu já disse que Viagra de economista é megaprivatização!

Megapicaretização das teles. Aquilo não é um leilão. É um desfile de terno Hugo Boss. Quem ganhou o leilão foi o Hugo Boss. E já imaginou a comemoração dos magnatas? A festança vai ser braba: o que vai rodar de champanhe Cristal e quenga cara! Eu também quero!
Dar um lance na quenga! Rarará.

Buemba! Buemba! Macaco Simão Urgente! Agora eu não sei se estamos com uma puta sorte ruim ou com uma sorte de puta ruim. Rarará!

E como tá a situação do brasileiro?
Tava no vermelho, levou bilhete azul e sorriu amarelo.

Desempregado tem que se contentar com a hiena, que come carniça, só transa uma vez por ano e ainda dá risada. Ainda dá risada?
Isso é que é otimismo. A hiena não é fracassomaníaca.
É TUCANA! Rarará.

Quem paga imposto de renda no Brasil é PO,
politicamente ônesto ou politicamente otário?

Tá todo mundo puto e sem um puto!!!

A VOLTA DO CAIXA ZERO. Os microempresários estão lançando a volta do caixa zero. Antigamente era assim: caixa um pro governo e caixa dois pro lucro.
E agora é caixa zero pra empresa e caixa negativa no banco.
Por isso eu vou seguir o conselho do sábio libanês:
"Fecha embresa, abrica no banco e aumenta batrimônio". Rarará.

The new super-herói Itamar Topetudo Por Dinheiro declara moratória e derruba as Bolsas do mundo inteiro.

E diz que Minas vai mudar o slogan pra "Calote quae sera tamen".

E eu já disse que o Itamar só quer fazer o que todo brasileiro tá fazendo: continuar devendo!

E um bebum me disse que o Brasil é tão azarado que em vez de fazer fronteira com a Escócia, faz fronteira com o Paraguai. Rarará!

Ai, que saudades do Sarney e da gonorréia!
Pelo menos os dois tinham cura. Rarará.

E um outro leitor me passou um e-mail: "Não me considero um desempregado, apenas sou uma mão-de-obra inativa. Antes de me formar, era a esperança do futuro. Agora, sou um problema social.
Antes, fazia parte da MINORIA que entrava pra faculdade,
e agora, faço parte da MAIORIA que não tem emprego".

E olha o respeito! Banqueiro não depõe, "presta esclarecimento".

Agora é tudo ladrão de casaca.
Com diploma. PhD, Picaretas High Degree!

E aí eu peguei um táxi, e o taxista estava tão revoltado com a mentirada brasileira que gritou: "Agora só falta eu atropelar um gato preto". Rarará.

E temos que introduzir uma nova seção no Imposto de Renda. A seção TIVE. Declaro que TIVE uma TV 20 polegadas, TIVE um Corsa 92 e TIVE um emprego de tocador de corneta na ex-porta do Mappin!

E como disse uma amiga minha revoltada:
"Não é porque tá todo mundo roubando que o vizinho
tem que jogar casca de banana no terraço do meu apartamento".

E um outro me disse que estão fazendo limpeza étnica no Banco Central: raparam os dólares e só deixaram os REAL!

E é tudo escândalo com economista da PUC-Rio. Vamos baixar a lei: diploma de economia da PUC-Rio não dá direito a prisão especial! E o Don Doca FHC é o nosso Mister M: consegue transformar lama em pizza. E por falta de mais notícias eu vou soltar um pum. PUM!

Como disse a minha empregada: o Brasil melhorou pra pior.

E diz que já tão chamando o programa do FHC "Mãos à Obra" de O Manual do Onanismo. Rarará.

E diz que três pequenos microempresários estavam almoçando: "Montei uma recauchutadora de pneus. Só que não tem aquela estrutura e organização de quando eu trabalhava na Pirelli". "E eu abri um posto de gasolina, só que não tem aquela infra de quando eu trabalhava na Shell." E o terceiro: "E eu abri um prostíbulo". "PROSTÍBULO?". "Não é aquela puta zona que é o Banco Central, mas eu tô indo bem!"

E mais uma piadinha que corre nas universidades: "Mamãe, arrumei um emprego de prostituta". "O quê?". "Arrumei um emprego de prostituta." "Ah, bem, que susto, entendi professora substituta."

CPI: Coma Pizza Inteira.

CPI: Coito Parlamentar Interrompido.

E um comerciante me disse que o shopping tá assim: dia de semana não vai ninguém e fim de semana enche de família. Família Miranda: mira e anda e mira e anda. E só! Morreu aí!

E diz que o Don Doca FHC pediu pro Grande Painho ACM escrever um documento anunciando que ele não manda no Brasil. Aí o ACM escreveu: "Eu não mando". E botou embaixo: "EXIJO!". Rarará! E quando em 94 eu bolei o slogan "Vote FHC! ACM pra presidente" foi um escândalo. E agora só se fala nisso. Eu sou uma Mãe Dinah que deu certo!

Brasil Timor Faroeste: eu tenho uma amiga em Medellin. Ué, tá rindo de quê? Não posso ter uma amiga em Medellin? Pois ela disse que perto do Brasil a Colômbia parece retiro espiritual. Asilo pra terceira idade!

E eu não quero saber se os trucanos têm ou não conta nas ilhas Cayman. Eu quero saber se eles pagaram a CPMF! Rarará!

E o Fernando Henrique terminou todos os seus discursos no México dizendo "Sank you". Ou seja, afundamos! Sank é o passado de afundar. Ladies and gentlemen, sank you. Senhoras e senhores, afundamos! Rarará!

A crise tá tão braba que já tem casa de massagem aceitando cheque-pré. Goze hoje e pague em 30 dias! Sendo que pagar por um orgasmo que você teve há 30 dias é a mesma coisa que fazer supermercado depois do almoço.

Eu sei como o ACM vai acabar com a pobreza: em vez de dar peixe aos pobres, vai dar pobre aos peixes. Jogar tudo no mar.

E o povo anda tão otimista que já está circulando um novo adesivo:
O MELHOR JÁ PASSOU!

O Brasil ainda é o melhor lugar pra se viver.
Pra quem tem conta na Suíça!

Inscrição na porta de uma cidadezinha nordestina:
"Puxe a descarga com força e boa viagem até o Planalto!"

E a foto do Don Doca FHC com o Painho ACM?
Parece o governo da China. Um tem 101 anos e outro 202!

Itamar decreta a moratória. E Roseana Sarney decreta a Bajulatória!
Ela finge que paga e o FHC finge que recebe!

E uma amiga disse que o FHC é PhD em coçação de saco pela Sorbonne.

O cachorro do Malanta late Au Au Street!

E uma amiga vai se encontrar com o único brasileiro que não tá em crise: o irmão que mora na Flórida!

Malan pro FHC: "Presidente, o FMI quer montar escritório em Brasília". "E qual o problema, Malan?". "O senhor tem onde ficar?"

E como me disse aquele contador:
"O Collor confiscou tudo de vez e o FHC tá confiscando aos poucos!"

Turma do Primário Mal Feito! Diz que o Malanta estava em Washington indo pra reunião com o FMI e, como chovia muito, arregaçou as calças. Depois de atravessar a rua o assessor lembrou: "Ministro, não se esqueça de abaixar as calças". "Claro, mas primeiro vamos tentar um acordo."

O Chico Lopes não foi depor na CPI? Já sei, deu bolo na pizza!!

E eu não disse que a gente ia atingir a paridade?
Um dólar igual UM PAR de real. Paridade.
Eu sou a Mãe Diná que deu certo!

Diz que o FHC não viaja mais com medo do efeito Pinochet: ser acusado de genocídio do funcionário público! Rarará!
Nóis sofre mas nóis goza!

FHC: Tápias pra o Ministério da Tapeação.

E diz que o Tápias começou como contínuo do Bradesco e acabou no governo. E o Don Doca FHC começou no governo e, se Deus ajudar, vai acabar como contínuo do Bradesco!

E o Roger Ultraje na revista *Showbizz* diz que apoia o FHC! Por isso que ele escreveu aquela música: "A gente somos inútil". Já era em homenagem ao FHC! Profecia! E devia virar trilha sonora do Don Doca FHC: toda vez que ele aparecesse, tocava: "A gente somos inútil". INÚTIL!

E nada como a firmeza do FHC. Botou a culpa no Congresso e no dia seguinte teve que pedir desculpas pro ACM.
"Perdão, excelência, eu tava só brincando". Com o FHC é assim:
toda vez que ele quer dar uma de macho, mija pra trás.

Tormento Econômico! A equipe econômica, vulgo Turma do Primário Mal Feito, previu um superávit de 11 bilhões e acaba de anunciar um déficit de 1 bilhão. Em qualquer empresa relativamente séria já estariam na rua!
E a empresa fechada. Rarará!

E hoje é aniversário da fofa! Da primeira lunática dona Pizza Hut Cardoso!
E eu vou dar pra ela o que ela dá pros outros: uma cesta básica só com cinco quilos de feijão. Ela vai catar feijão até 2002.
E se eu fosse comunista mandava ela ir cortar cana em Cuba com tesourinha de unha. Rarará! Muy amigo!

E o FHC avança e lança o "Recua, Brasil!"

Buemba! Buemba! Macaco Simão Urgente!
Sabe o que o Ciro Gomes falou pro FHC no elevador?
"Tio, aperta o 20 pra mim!" O futuro presidente Sukita!

Últimas notícias! Malanta se reúne com presidente do Fed.
Pra saber se Fed mais ou Fed menos.

E perto do Brasil Timor Faroeste a Colômbia parece um retiro espiritual.
Recanto pra terceira idade.

E sabe por que o padre Marcelo gravou o Hino Nacional?
Porque o Brasil tá entregue a Deus.

Inativo por inativo, por que não taxa logo o Fernando Henrique?

E aí um amigo meu todo endividado me disse: "Finalmente minha vida clareou. Vendi as cortinas". Rarará! É mole mas sobe!

Brasil Timor Faroeste! É tanta violência que um leitor americano me ligou: "Vocês aí estão em guerra civil?".
É tanta violência que aquele soldado brasileiro em Timor ligou pra família: "Aqui, sim, encontramos sossego".

Brasil Timor Faroeste: um amigo precisa tirar dinheiro no caixa eletrônico, mas as tropas da ONU ainda não chegaram pra dar garantias.

E a crise atinge Natal, Rio Grande do Norte! O dono da Funerária e Floricultura Paz no Céu, pra driblar a crise, resolveu alugar vestido de noiva. Coerente! Aluga o vestido pra noiva e o enterro pro marido. Rarará! Casamento não é o enterro do noivo? Paz no céu e inferno na Terra!

E o Malanta deveria ganhar o Nobel de Literatura Tucana:
"O futuro tem por ofício ser incerto".

E um desempregado foi vasculhar o painel de vagas na *Folha* e achou: assessor de marketing, 4. Dgitador, 5. Enfermeiro, 9. PALHAÇO, 21!
E eu que pensava que estavam todos com o FHC!

Buemba! Buemba! Macaco Simão Urgente! Direto do País da Piada Pronta! Deu no "Jornal Nacional" que um cara contratou um engenheiro falso e resolveu processá-lo e acabou contratando um advogado falso. Só faltou chegar em casa e descobrir que tava casado com um travesti!

E sabe por que Taiwan tem terremoto e no Brasil tem FHC?
Porque lá eles escolheram primeiro.

E o horário de verão! Daria pra adiantar o relógio 26.380 horas que dá justo na hora do FHC ir embora. Avança, Brasil!

E termina reunião do FHC com a equipe econômica.
E quem ganhou o jogo-da-velha?

E desde que esse Armínio Fraga chegou no Brasil que o dólar não pára de subir. Mas não diziam que ele era a raposa que ia tomar conta do galinheiro? Só que o raposeiro tomou conta da galinha. E o dólar vai baixar. Vai, sim. Baixar as calças e soltar um pum na nossa cara. Rarará!

INADIMPLÊNCIA OU MORTE!

O REAL VIROU PLEBEU!

02/07/95

EU QUERO MESMO É ESTABILIDADE EMOCIONAL!

E só agora eu entendi a mão espalmada com cinco dedos de Don Doca FHC: quer dizer "Guenta aí!" Rarará!!

Um ano de real!

Ô macarronada indigesta! Eu quero estabilidade emocional! Com apenas seis meses de socialite democracia já entramos no Real 20?! Com os PhDoidos da Loucademia de Economia 33 1/2. De juros! Rarará!

Eutanásia comercial: donos de loja se liquidando. E só agora eu entendi aquela mão espalmada com cinco dedos. Quer dizer "Guenta aí!"

E o slogan do Don Doca FHC é "Trabalhador Dá Muito Trabalho". É por isso que ele não trabalha. Pra não dar trabalho a ninguém! Rarará!! E o Malan não parece o Riquinho?

Aliás, pra comemorar o aniversário do Real peguei três vídeos: "True Lies", com o Fernando Henrique, "Riquinho", com o Pedro Malan e o "Maskara", com o Zé Serra!

E diz que o menino perguntou pro pai: "Papai, o que é desindexação?". "Não sei, mas quando o meu fiofó parar de doer eu vou tentar entender." Rarará!

E isso é que é governo. Com apenas seis meses e já todo mundo de férias.

Coletivas! Rarará! E diz que os empresários tão indo pra Nova York fazer turismo na Bolsa de Valores: "Olha um juro de 5% voando! Que beleza!". Se os juros baixos não vêm ao Brasil a gente vai aos juros baixos!

E como se chama o pronunciamento na TV da Maria Antonieta do Planalto, ops, do Don Doca FHC? "Mulata Bossa Nova Relança Besteirol".

Saúde. Jatene adverte: Zé Serra faz mal à saúde.

Educação. Primorosa. Nunca deixaram cair um camarão no chão da casa da Ruth Escobar. E FHC diz "estamos treinando professores". A não comer! É o Exército que tá dando o treinamento: manual de sobrevivência na selva para professor. Aprender a comer minhoca e larva! Rarará!

E o FHC disse que com a queda da inflação ele jogou 15 bi pros pobres.

Quem pegou? Um ruralista fantasiado de pobre? Rarará!

E tô adorando essa nova figura da livre negociação. O mediador! E quem vai mediar o salário do mediador? E eu posso escolher o mediador? Eu quero o Edmundo! E um outro quer o PC. E um outro a Sharon Stone. Na primeira cruzada de pernas, os empresários abrem as deles! Rarará! Real 20! Ô macarronada indigesta. Quem tá entendendo é que não tá prestando atenção. Eu quero estabilidade emocional. Um ano de Plano Real. Pra botar nos anos do trabalhador. Rarará! Vai indo que eu não vou!

BORDÕES

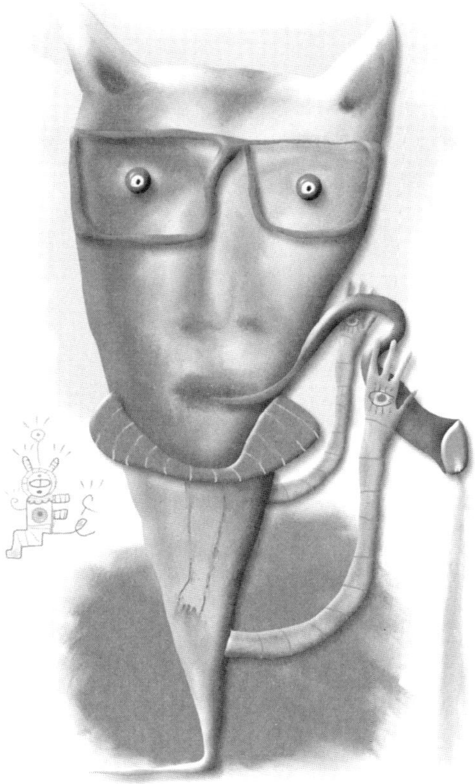

Quem fica parado é poste.

E eu quero ver o mar pegar fogo pra comer peixe assado!!!

É mole? É mole mas sobe!

Nóis sofre mas nóis goza!

Ai Minha Santa Periquita do Bigode Loiro!

Macaco Simão para 94! E o povo pra 69!

Hoje só amanhã.

Enquanto o Boris passa o Brasil a limpo a gente lava a égua.

Quem adere é fita crepe.

Sorria periferia!

Brasil Timor Faroeste!

Põe no Mail. Que eu ponho no Tail.

Vai indo que eu não vou!

Bill Pinton e Monica Linguiça

em

MOCRÉIAGATE

ou

A Chupeta Maldita

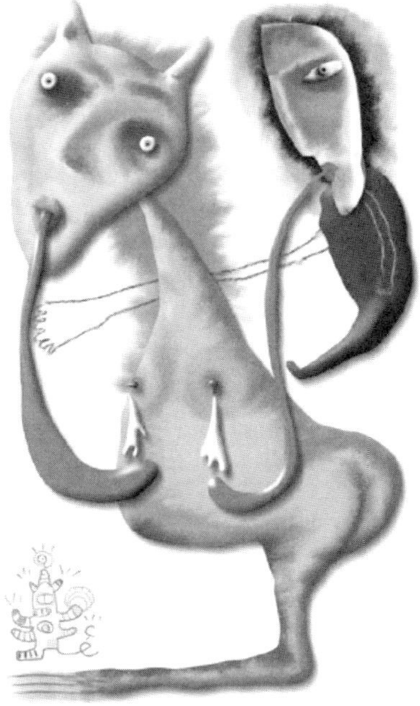

Peguei a gripe Monica Lewinsky:
não ferra com o sujeito, mas deixa bem chupado.

MOCRÉIAGATE! Tá tendo uma conspiração de mocréias contra o Clinton? Nunca vi tanta gringa feia. Esse Clinton também parece que tem a calça frouxa. Deixa ele transar em paz. Ele não governa com o pingolim! Essas americanas ainda vão morrer de tédio sexual. Dão e depois dedam. Traidoras. Daqui a pouco o Clinton vai ter mais processos que o Pitta. Rarará. É mole mas hay que endurecer!

E diz que o cardiologista do Bill Pinton é vegetariano só pra dar uma força pra cenoura do Clinton.

O bimbo do Clinton foi arquivado. Já sei, a vítima engoliu a prova?!

E adorei o cardiologista do Bill Pinton que está no Rio. Ele só come brócolis. E o Clinton só come mocréia. Mocréia não tem colesterol?!

E estagiária no Brasil quer dar pro dono da agência e nos Estados Unidos quer dar logo pro presidente. Isso que é pensar grande!

Bill Pinton Urgente! Diz que a Monica Lewinsky ganhou o Oscar de melhor coadchupante de 97! Rarará!

E diz que o Pinóquio encontrou com o Clinton e disse: "Toda vez que eu minto, o meu cresce". "E toda vez que o meu cresce, eu minto." Rarará! É mole? É mole mas sobe!

Buemba! Buemba! Macaco Simão Urgente! Olha essa manchete do "JB": "Clinton leva Gaza ao delírio". E quem é essa tal de Gaza? Estagiária nova da Casa Branca? Ou será que na reunião entre Arafat e o Bibi ele vai ensinar com quantos charutos se faz um processo de paz? Aí nesse caso vai ser Faixa de Goza e não de Gaza.

E já tem brasileira fabricando bottons e adesivos pro carro: "Eu também dei pro Clinton!". As brasileiras não querem ficar por baixo. Querem ficar de joelhos. Rarará!

Buemba! Buemba! Macaco Monkey Zé Simão Urgente! Mocréiagate! Conspiração de mocréias agita os Estados Unidos das Barangas Mal Comidas. Tem mocréia nova no pedaço acusando o Bill Pinton: "Aí ele me abraçou (opa), pegou nos meus peitos (oopa) e pôs a minha mão na região genital (OOOPA)". Isto não é um assédio. É um ataque a Bagdá! Mas o Pinton disse que foi apenas um beijo na testa. Já sei, era pra ser na testa mas aí ele escorregou ou ela subiu na cadeira. Rarará! E reparou que todas saem do Salão Oval com a blusa entreaberta, batom manchado e em lágrimas? E sempre cruzam com a mesma mulher, a tal da Linda Tripp. Essa dá plantão na porta do Salão Oval. Sentinela de bimbo. Urubu da Sacanagem!

Deus criou as mocréias e o Clinton assediou todas. Deus criou as mocréias e deu o endereço da Casa Branca. Por isso fizeram aquela pesquisa perguntando para as americanas se elas já tinham dado pro Clinton. 1% respondeu: "Ainda não!"

E eu gosto da Hillarya. O marido se encalacra com o pênis mas quem bate o pau na mesa é ela! The Male of The Year!

E uma amiga minha diz que ela queria ser casada com a Hillary, o marido ideal, o homem ideal. Ela é que devia ganhar "O Macho do Ano"! Aquilo é uma cavalaria de filme de caubói. Tem três vantagens: não gosta de transar, não se importa que o outro transe e, quando o outro transa, ela defende até o fim. A única desvantagem é ter que dançar com ela na areia de maiô.

Quer dizer que agora na Casa Branca nenhuma mocréia mais abre a boca?

E o BILL PINTON devia reunir todas suas mocréias no Madison Square Garden e resolver o assunto em família.

E, de tanto sexo oral, o Clinton já virou o Rei da Oraltória!

O único grande problema dessa Monica Lewinsky provar alguma coisa é que ela engoliu a prova. Rarará!

Uma bimbada na estagiária e uma bombada no Sadan.

Ataque ao Iraque! Operação Chupetinha no Deserto.

Hillary tomou Cornil e o chifre sumiu.

Slogan da campanha: "Chupar não é pecado, Hillary no Senado".

Eu devia ter mudado o nome desse capítulo de "Mocréiagate" para "Porragate". Rarará. Nóis sofre mas nóis goza. Menos o Clinton. Que toda vez que goza, sofre!!

PORTUGUÊS É BÁSICO

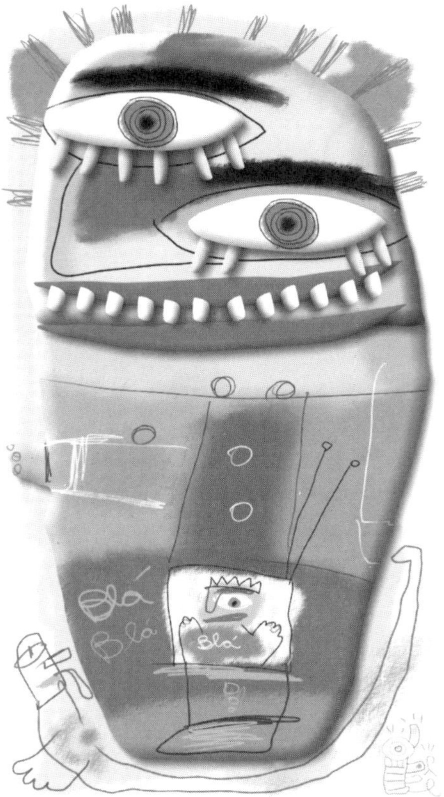

24.08.96

VOU PRA BUÇACO PENSANDO NO BUSSUNDA

Buemba! Macaquito Simão Urgente! Tô indo! Três, dois, um, ZERO! BUM! Alforria decretada! Quinze dias de descanso. Rumo a Portugal! Vou pra Pátria Mãe. Pela TAP. Tamancos Portugueses! E tenho certeza que eu vou adorar! E prometo que em vez de máquina fotográfica vou levar um gravador. Vou gravar tudo. E depois eu conto. TUDO! Rarará!

Primeiro vou ficar numa quinta em Sintra. Mas se eu vou chegar numa sexta como é que eu vou ficar numa quinta? Já começou! Agora outra contradição: acabo de pegar dez anos de visto pros Estados Unidos e vou passar dez dias em Portugal?

Depois irei para uma cidadezinha chamada Penacova. O quê? Pé na cova? Tudo bem! Pra quem mora num Estado governado pelo Covas visitar Penacova é um refresco! Rarará!

Depois vou para um hotel-castelo em Buçaco. Tá rindo de quê? É Buçaco mesmo! Se fosse Buchecha ou Bussunda a gente ia com mais gosto! Vou pra Buçaco pensando no Bussunda! Vocês já foram ver o show dos meus colegas no Palace? A Turma do Casseta & Planeta. O nome do show é um achado: "Unfucked". Sensacional! O título é tão bom que nem precisa mais ir ver o show. Rarará!

E eu não vou contar piadinha de português senão a aeromoça abre a porta do avião e me empurra sem pára-quedas: "Essa é mais uma piada, senhor Simão". Uau!

Nada de piadinhas. Um brasileiro na alfândega de Miami quis bancar o engraçadinho e disse: "Não mexe nessa daí que é a mala da bomba". Pagou US$ 10 mil pela piadinha! Rarará!

E será que eu sou o eleito para receber o terceiro segredo de Fátima? Aquele que até o Papa desmaiou quando soube? Eis o terceiro segredo de Fátima: o Serra vai ganhar a eleição. Rarará.

Até a volta! Vai indo que eu não vou! Viva Portugal. Bacalhau Para Todos! FUI!

10/09/96

BUEMBA! VOLTEI DE PORTUGAL COM O QI ZERADO!

Buemba! Buemba! VOLTEI, macacada! De Portugal! Fui dar uma zerada no QI! E ainda tô de quarentena. Pra tirar o cheiro de bacalhau! Rarará. Mentira. Adorei Portugal! É um sonho. Tem que ir!

E sabe a última do português? Português não é burro. É básico! Sabe como chama o jornal de esportes? "A Bola". Básico. E se fosse um jornal de carros se chamaria como? "A Roda"? E se fosse de aviação? "A Hélice"?! Rarará!

E tem aquele famoso "Jornal de Notícias". E existe algum jornal que não seja de notícias? E sabe o que eu trouxe de presente para as minhas leitoras? Um depilador de bigode!

E aí eu perguntei prum português se o museu ficava longe. "Depende". Depende de quê? "Se vais ligeirinho, cinco minutos, e se vais devagarinho, dez". Básico.

Português é básico. E aí entrei no mercado: "Tem ameixa preta?". "Tem, mas tá em falta." Básico!

E Lisboa é um deslumbre. Parece Salvador, Bahia. E lá em Lisboa tem muito dark. E o engraçado é ver a mãe toda de preto porque é conservadora e a filha toda de preto porque é dark. E aqui me perguntaram o nome do presidente de Portugal. Sei lá! Deve ser Amálio Rodrigues. Rarará. E tiraram o ritual do bacalhau. Portugal tá moderno. Já tem bacalhau instantâneo. Vem numa caixinha e não precisa ficar de molho. Que sacanagem com as portuguesas. Tiraram o ritual do bacalhau. Bacalhau neoliberal.

E os nomes dos estabelecimentos comerciais? Salsicharia Cabaço, O Ninho das Noivas e Banco Pinto Mayor. Mas tem que consumir nessa ordem? Rarará. Depois eu que digo bobagem!

Voltei! E tô pasmo como a mídia aderiu ao Serra. Mas assim de maneira tão explícita? Aliás, o Serra subiu 3% só porque eu não tava aqui. Aproveitou a minha ausência! Voltei! E o Serra é o único candidato que pra ganhar a eleição tem que chamar a cavalaria! Rarará!

E sabe por que português não consegue comprar um bumerangue novo?
Porque não consegue jogar fora o velho!

E diz que em Portugal computador não tem memória.
Tem apenas uma vaga lembrança.

E diz que um casal de portugueses virgens partiu para a lua-de-mel passando uma noite maravilhosa. Mas quando o português viu a noiva se espreguiçando com aquelas axilas cabeludas, gritou:
"Meu Deus! Mais duas?!" Rarará. Básico. Basiquíssimo!

O português foi pruma pizzaria e o garçom perguntou:
"Quer que eu corte em oito ou dez pedaços?"
"Em oito, porque dez eu não agüento."

E os psicanalistas portugueses já estão trocando o divã pelo beliche. Pra atender clientes com dupla personalidade. Taí uma piada inteligente de português. Essa é a primeira piada cabeça de português!

E diz que por causa da crise um português foi parar no médico. E o doutor: "O que o senhor tem?". "Eu tenho um apartamento e duas padarias." "Não, eu quero saber o que o senhor sente." "Sinto uma vontade de vender tudo e voltar pra Lisboa!" Rarará. O básico tá certo!

Buemba! Buemba! Macaco Simão Urgente! Portugal Telecom compra a Telesp Celular. Oba! Vai vender celular em padaria! Essa é a tal da revolução de que a Globo tanto falou? Vou até a padaria comprar um celular. Quero seis pãezinhos e dois celulares. Fresquinhos! Rarará!

Telegajo Urgente! Já saiu o primeiro avanço da privatização. Os portugueses anunciaram que, daqui para a frente, a gente vai poder usar a bateria do carro no celular. E vice-versa!

E diz que Portugal comprou a Telefônica pro povo parar de usar o telefone da padaria. Rarará! Está lá? Não, estou cá!

E um amigo meu já mandou o currículo pra Portugal Telecom e, no tópico "línguas", fez questão de frisar: português fluente. Rarará. E uma amiga minha que está de dieta entrou na padaria e pediu uma bomba sem cobertura. Saiu de lá com um celular!

E já imaginou a conversa agora em celular?
"Está lá?" "Não, estou aqui."

E sabe como é o nome do português que comprou a Telesp Celular? Murteira Nabo. Olha, esse nome dá tanta piada que eu tô até com preguiça!

E sabe o que o Seu Nabo falou pro Paulo Henrique Amorim?
"O consumidor é a nossa prioridade última."
Uau, que sincero! Vai continuar seguindo a filosofia da Telesp?

E a Regina Casé ligou pruma portuguesa e perguntou:
"Quem está falando?". "VOCÊ!", respondeu a portuga.
Sensacional. A básica tá certa.

E um português me explicou que celular se chama telemóvel porque é um "portátil a distância". Básico. E diz que xereca em portugal se chama pinta. Básico. A esposa do pinto. Mas também pode ser "paxaxa". Paxaxa? Ainda bem que não é Pra-Xaxa! Rarará!

E aí diz que perguntaram pro Manoel: "O senhor é a favor do sexo antes do casamento?". "Depende, se não for atrasar a cerimônia!"

E diz que quando Edson inventou a lâmpada ele convidou o presidente de Portugal pra inauguração. E no dia seguinte era manchete em Lisboa: "Portugal inventa o choque".

Buemba! Buemba! Macaquito Simão Urgente! Que TWA que nada! O maior desastre aéreo foi em Portugal. Caiu um helicóptero no cemitério de Lisboa e eles já resgataram 530 corpos. Rarará!

E um amigo meu estava no aeroporto de Lisboa comprando uma boneca quando sua mulher gritou: "Olha, a boneca abre os olhos". E a vendedora: "Não só os abre como os fecha". Rarará! Básico.

E sabe como se evita filho em Portugal? Jogando pedra na cegonha!

E sabe como você sabe quando um vinho português é legítimo? Quando no fundo da garrafa estiver escrito "a tampa é do outro lado". Rarará.

E aí um cara entrou no boteco do seu Manuel e perguntou como ele fazia pra deixar o ovo vermelho. "Fácil, eu passo batom no fiofó da galinha."

Diz que em Portugal tá fazendo o maior sucesso um novo 900. É o Tele Funeral: os portugueses ligam e ficam ouvindo um minuto de silêncio!

E continua minha seção "Português é Básico": diz que na recepção dum hotel cinco estrelas em Lisboa tem um cartaz "Fala-se Inglês". Assim mesmo, escrito em português. Básico!

E aí eu, na sensacional e maravilhosa Fundação Gulbenkian, vi duas placas: "Centro de Arte Moderna" e "Museu". Após visitar o Centro de Arte Moderna, me dirigi à Informações: "Já visitei o Centro de Arte Moderna. E o Museu, o que tem lá?". "Arte antiga", respondeu o básico. Português é básico! O povo mais hospitaleiro, simpático e hospitaleiro! Bacalhau para todos! Vai indo que eu não vou!

Português é básico! Diz que um português tava passando pela alfândega quando o fiscal, muito gentil, gritou: "E aí, português, tudo jóia?". "Não, a metade é cocaína." Rarará. Básico!

E continua a todo vapor a minha campanha "Português é básico": estávamos procurando um restaurante em Lisboa quando emparelhamos o carro com o de um português. "Conhece o restaurante tal?" "Conheço, é ótimo, fizeste excelente escolha." E acelerou e foi embora. Básico!

Português é básico! Aí perguntei prum português: "Esta estrada vai para a Espanha?". "Se for, vai fazer muita falta!" Rarará. Básico!

E aí eu tomei um táxi em Lisboa e pedi pro motorista: "Me leve na rua tal". "Não conheço, dê-me outra." Rarará. Básico. Português é básico.

Português é básico. Diz que pediram pro portuga verificar se o pisca do carro tava funcionando. "Agora está, agora não está, agora está, agora não está." Rarará! Básico!

E pensa que só português é básico? Perguntaram pruma atriz mexicana: "Qual a primeira coisa que você faz antes de dormir". "Cerro los ojos." Fecho os olhos! Rarará. Básica! E aí perguntaram pro português: "Você gosta de mulher com muito peito?". "Não, pra mim dois já tá bom." Rarará. Básico.

Português é básico! Olha o rótulo na lata de azeite português Bom Petisco: "Consumir de preferência antes do fim". Rarará! Básico.

Português é Básico! Capítulo 2008. Recebi o "Jornal dos Bombeiros" de Portugal. E a grande manchete: "Bombeiros inauguram telefone para surdos". Sensacional! Sensacional é a explicação: "São necessários dois aparelhos para a comunicação". Rarará. Básico.

E aí um amigo meu em Lisboa perguntou prum português: "Pra onde vai esse ônibus?". "Esse ônibus não vai." "Então de onde vem esse ônibus?" "Esse ônibus não vem." "Ué, como assim?" "Esse ônibus não vai nem vem porque é circular." Rarará! Essa é a base do básico.

E diz que um brasileiro entrou numa loja de armas em Lisboa: "O senhor tem calibre 12?". "Não temos, não senhor." "E granadas?" "Também não temos não senhor." "E alguma pistola?" "Também não temos." "Pô que má vontade! O senhor tem alguma coisa contra brasileiro?"
"Calibre 12, granadas e pistolas." Rarará!

E diz que o James Bond foi pra Portugal: "Meu nome é Bond! James Bond!" E o português: "E o meu nome é Quim! Joa Quim!". Rarará!

E lá em Portugal eu vi um afresco na parede que era assim: uma caravela com umas sereias provocando na proa. E escrito embaixo:
"Taes andavam as nynphas estorvando..." Estorvando?! Rarará!
Não é a cara de Portugal? Se fosse no Brasil seria:
"Piranhas Atacam Marinheiros". Rarará!

E aí perguntaram prum português se a mulher dele era boa de cama. E sabe o que ele respondeu? Uns dizem que sim, outros dizem que não! Rarará!

Um português fã da Kim Bassinger botou o nome do filho de JoaKim Bassinger.

Buemba! Buemba! Macaco Simão Urgente! Olha como um cara na televisão portuguesa anunciou a morte da maravilhosa Amália Rodrigues: "Amália acordou morta". E eu acordei vivo!
O requisito básico pra acordar é estar vivo!

Eu acho que Portugal comprou a Telesp porque em vez de leilão eles entenderam leitão. Você acha que Portugal ia resistir a um MEGALEITÃO?

Slogan da Rádio Vox: "Rádio Vox: a preferida dos ouvintes da Vox".

AVANTE PENTANIC

01/06/98

GAGALLO COMANDA SELECINHA

Os macho-cados versus os macho-bascos! O Frangarel já engoliu o primeiro frango. E o Edmundo? O Animal? Entrou em campo e virou vegetal. A Selecinha Brasileira é assim: separados são maravilhosos, juntos não dão feijoada. E saiu o lema do Gagallo: Ou Vai Ou Viagra.

02/06/98

É BON SOIR, MAS NINGUÉM TOMA BANHO!

Buemba! Buemba! Macaco Simão Urgente! Deixa que eu trago o caneco! Nem que for de chope! Paris, querida Paris! Aqui em Paris todo mundo só diz "bon soir", bon suar, mas ninguém toma banho. Nem eu. Eu também não vou tomar banho. Vou tomar uma overdose de Azzaro! Rarará!

E a grande paranóia em Paris! La Bombe! A bomba! Sendo que essa divisão antiterror tá marcando a maior bobeira. A bomba é a seleção. A bomba tá lá em Ozoir-la-Ferrière. De abrigo amarelo e óculos! Rarará. Esses cães farejadores perderam o faro. E quem disser que a seleção tá um estouro, vai preso. "A seleção está um estouro."

Teje preso! Em matéria de polícia só tá faltando o Tuma aqui em Paris!

E McDonald's é McDonald's em todo lugar do mundo. Menos na França. Que é Macdô! E do jeito que as comidas estão caras a torcida vai viver no Macdô. Tem um torcedor amigo meu que já tá viciado no numerô trois do Macdô. Vai passar a Copa inteira comendo numerô trois!

E eu tenho a solução pra seleção! Dá uma esteira rolante pra cada um. E um celular pra um avisar o outro onde tá a bola em campo. "Alô, Rivaldo, ói eu aqui atrás! Passa a bola!" "Agora não! Caí! Machuquei! Tô deprimido! Só falo com o Zico." Aliás, esse Zico vai dar é uma zicada na seleção!

E avisa pro Edmundo que a única ofensa que ele não pode fazer é mandar francês tomar banho. Aí é expulso da Copa! Pior que fazer carrinho!

E já tem até aeroporto Charles de Gaulle 2. Tão criando uma dinastia de aeroportos! De Gaulle 1 e De Gaulle 2. E de gol que é bom a gente ainda não viu nada!

E eu já disse que esse seria o meu "Dream Team": convocaria o Raí pra gente ganhar bonito, o Edmundo pra ganhar gostoso e o Rivaldo pra perder feio.

E convoca o FHC. Ele só chuta! O jogador típico da seleção: só chuta e pro lado errado! E que negócio é esse aí no Brasil do Lula ficar encostando no FHC! O que é isso, companheiro?

E de hoje em diante estão proibidos todos os trocadilhos com pescoço!

Com exceção da Turma do Casseta e Planeta! Rarará. Nóis sofre mas nóis goza! O negócio é relaxar.

Esse é o meu conselho pra brava torcida brasileira: o negócio é relaxar.

Amanhã nóis chega lá! Internautas escrevam pro macaco em Paris. Olha o e-mail aí no pé da coluna. Esse faz gol!

03/06/98

BUEMBA! BUEMBA! ZICARAM O ROMÁRIO!

Buemba! Buemba! Macaco Simão Urgente! Bola pra frente. Ops, fala baixo que bola pra frente na seleção do Gagallo é palavrão! E adivinha o que eu encontrei em Paris? Uma espécie em extinção: socialista fumante! E hoje eu fui me credenciar. Escondido do Ricardo Teixeira. E vocês precisam ver a foto que eles me tiraram. Se a divisão antiterror pega minha credencial eu vou preso. E eu vi o Havelange ao vivo. Uma mistura de Ramsés 2º com o avô do Pica-pau!

E últimas notícias! Diz que o Gagallo depois do treino grita: "A próxima rodada de Viagra é por minha conta". Rarará!

E que buemba! Zicaram o Romário! Sofremos a primeira baixa. O baixinho! Cortaram o Romário. E o Fernando Henrique vai cair mais dois pontos. E quem é esse Émerson que botaram no lugar do Romário? O Fittipaldi?! Seven Days Diet de treino. O cara vai chegar a sete dias da Copa! Por que não convocaram um atacante coreano, o Chem Chanche? E ontem eu bebi tanto vinho que fiz como Santos Dumont: contornei a torre Eiffel fazendo curva quadrada!

E eu vou lançar a enquete: "Quem já ouviu falar no Émerson?" Já imaginou esse Émerson chegando na seleção? Vai ser um tal de "muito prazer". Muito prazer! Muito prazer! Muito prazer! E depois reclamam que o Gagallo não inova! E como disse uma inconformada fã do Romário: pelo menos a gente ia perder gostoso!

Sorte do Romário! Que vai assistir a Copa no morro. De raiders e rojão. E uma outra me disse que o Romário vai voltar pro Brasil porque na França não tem futevôlei! E ATAQUE DA SELEÇÃO VIRA UM ATAQUE DE CHORO! Quem chora melhor, a Regina Duarte ou o Romário? E o Magdo, ops Galvão Bueno, deve estar aos prantos. Com o corte do Romário ele vai perder 70% do texto que já tinha decorado.

E hoje o Brasil ainda vai jogar com Andorra. E o que vem depois de Andorra? Sodoma e Gomorra?! E eu não vou ver o jogo porque você acha que alguma TV a cabo em sã consciência vai transmitir Brasil e Andorra? Que nem é um país. É uma montanha. Uma rampa de esqui! Só tem esquiador. Eles podiam ensinar a seleção a esquiar. Fazer esqui na grama. De repente a gente tem chances na Copa de Bariloche! E acho que em Andorra nem tem 11 pessoas! A gente empresta o Bebeto! Rarará. Nóis sofre mas nóis goza. Brava torcida brasileira: o negócio é relaxar! Viva a Seleção dos Macho-cados no Tentacampeonato!!!

04/06/98

BUEMBA! BUEMBA! A SELEÇÃO PRECISA DE MEIO-CAMBISTA!

Buemba! Buemba! Macaco Simão Urgente! Torcida Brasileira, ÂNIMO! É pra cima que se anda. Hoje eu tô a fim de dar um hype na coluna. O Gagallo mudou de tática! Agora vamos jogar com dez atrás e um recuado. Rarará! E francês é tão cabeça que aqui na rua do hotel tá passando uma peça de teatro "O Futebol e outras reflexões".

Só francês mesmo pra escrever peça de teatro na Copa. Copa cabeça! Só falta chamar o Gerald Thomas pra dar o pontapé inicial. E aqui em todos os jornais, rádios e TVs só se fala em Romarriô, Romarriô, Romarriô. O Romário Arriô!

E eu sei que o Romário chorando deixou todas as periquitas da MTV comovidas. Periquitas em comoção! E clima de Copa ainda não tem. Mas amanhã chegam 7.000 torcedores da Stella Barros! Mas não aqui pro hotel, né?! Rarará! Eu quero é mais!

E avisa pro Gagallo que o Denílson (apesar de beber Pepsi) é atacante e não meio-campista. Ou como disse aquele cara da Globo: "A seleção está precisando de um meio-cambista". Meio cambista? Rarará.

Pois eu acho que a seleção tá precisando de um cambista inteiro. De tanto dólar que tá rolando! Abre um change na seleção.

Diz que só de bicho cada um vai ganhar R$ 140 mil. Por R$ 140 mil eu bato escanteio e ainda corro pra cabecear! E diz que o Rivaldo ganha R$ 50 mil por mês pra usar a chuteira da Nike. Da seleção Titanike!

E por R$ 50 mil eu uso chuteira de prego e com os pregos virados pra cima. Rarará. E quem não conseguir um bicho pega uma bichona que aqui em Paris tá cheio. Rarará!

E avisa pros 7.000 torcedores da Stella Barros pra trazer Coca-Cola. Sabe quanto custa uma cocá sentado num café? 40 francos! Como diz um amigo meu: eu não tenho poder aquisitivo pra beber Coca-Cola!

E avisa os 7.000 torcedores que as francesas não usam perfume. Cometem abuso de fragrância. Derrubam por asfixia! E um torcedor pediu pra gente não dar muito Viagra pro Gagallo senão ele fica mais cabeça dura ainda. Rarará.

A nossa esperança está no Ronaldinho. "Se a bola chegar no Ronaldinho", como disse o meu irmão. A gente avisa a bola. Combina com a bola: "Olha, quando entrar em campo vai direto pro pé do Ronaldinho, aquele dos dentões parecido com a Mônica".

A gente bota um chip na chuteira do Ronaldinho! E avisa pro meu professor de ginástica que hoje de manhã eu corri dois quilômetros no Jardim de Luxemburgo!

Qualquer coisa eu entro em campo. Visto minha camisinha amarela e entro com bola e tudo. Rarará.

Nóis sofre mas nóis goza! Viva a Seleção dos Macho-cados no Tentacampeonato!

05/06/98

RARARÁ! O RONALDINHO TÁ DE CASO COM A TRAVE?!

Buemba! Buemba! Ops, buemba não, senão eu vou preso! Macaco Simão Urgente! Seleção dos Macho-cados! Rumo ao Pentanic! Ainda não tomei banho. Tô esperando as lavadas! Rarará! E diz que aí no Brasil já saiu o filé à Romário, já vem cortadinho! E uma brasileira me avisou que o Romário continua chorando, mas pelo menos fez a barba!

E adorei o e-mail que o torcedor Antonio de Almeida passou pro Gagallo: "Quem comprou entradas pra final devia trocar por uma noite no Lido ou no Folies Bergeres".

Alô, alô, portadores de ingressos pra selecinha brasileira, favor trocar por uma mesa no Moulin Rouge. Com direito a champanhe. Pra beber no Gagallô! Rarará!

E não confunda Ozoir-la-Ferrière com Trottoir-la-Derrière! E o nome do médico da seleção mudou pra dr. Lítio Tolerdo! Rarará. E a seleção tá no lugar certo mesmo: Parri. É pá ri mesmo!

Ataque da seleção vira ataque de riso! Mas não sejamos injustos com o Ronaldinho.

Precisa ser muito craque pra acertar na trave com aquela redona enorme do lado.

Como é que consegue acertar na trave com uma rede daquele tamanho? Pergunta pra Fifa se quase-gol vale? Dona Fifa, quase-gol vale? O Ronaldinho tá apresentando uma superioridade de quase-gols! É o discípulo perfeito do Gagallo.

Mas devia descontar do bicho. Isso devia valer pra todos os jogadores: gol perdido e passe errado desconta no bicho. Iam voltar devendo bicho! E o Ronaldinho tá de caso com a trave? Brasil x Andorrinha. Andorrinha tem que ser falado com biquinho, Andorrinhá!

E o problema não é emprestar o Bebeto pra seleção de Andorra, o problema é eles devolverem. Rarará.

Levaram drible até de corretor de seguros! E diz que o jogo acabou cedo em respeito aos titulares de Andorra.

O médico e o guarda-noturno tinham plantão à noite! Rarará! Parri! Parri! Parri! Pá ri gostoso! Não desanima, gente.

Agora que nós vamos jogar com dez atrás e um recuado, vocês vão desanimar?!

Mas até os franceses estão desanimados com o Brasil! Olha só a manchete do "L'Équipe": Le Brésil sans convaincre! O Brasil sem convencer! Com vencer não pode, é sem vencer!

E o Roberto Carlos que não se acostuma com a bola da Copa. "Eu chuto pra bola fazer curva, mas ela sai reta." E que tal se ele chutasse reto pra bola fazer curva?! Ou então bota a Carolina Ferraz no lugar dele, que pelo menos ela é mais eficiente na venda de chinelos!

Rarará! É mole? É mole, mas sobe!

Rarará. Nóis sofre mas nóis goza. Em francês.

Com biquinho é mais gostoso!

06/06/98

EDMUNDO, PEGA ESSE CANECO NA PORRADA!

Buemba! Buemba! Macaco Simão Urgente! Direto da seleção zicada! Seleção TitaNike! Que a única coisa que sabe fazer muito bem é dar autógrafo. E um torcedor mandou avisar pro Gagallo que, se o Brasil não ganhar, ele não vai mais pagar Imposto de Renda. E só agora que eu entendi por que o Émerson foi convocado. Pra ensinar alemão pro Gagallo! E avisa o ACM que essa greve da Air France é coisa do Lula!

E estamos assim, nessa base: Peladas e Porradas. Num dia joga uma pelada e no outro troca umas porradas. E agora vamos ao que interessa: ANIMAL RODA A BAIANA! Essa foi a melhor manchete. A da "Gazeta Esportiva"! O Edmundo deu porrada no Leonardo? A torcida antimauricinho agradece. Rarará! O Animal voltou ao normal. Deram tanta instrução pro Edmundo: "Não pode brigar com os adversários, não pode bater nos adversários, não pode xingar os adversários". Aí ele pegou e tascou uma porrada no Leonardo. Isso depois de ter quebrado o espelho e uma tampa de sanitário. O Edmundo não é convocado, é um invocado. E uma amiga minha deu a definição definitiva do Edmundo: mens insana in corpore tesudo!

SOCORRO! SOCORRO! MANDA O GERENTE DO HOTEL GUARDAR A COMIDA! Os russos estão chegando! Pro café da manhã. É que uma equipe russa de televisão está hospedada aqui no hotel e eles descem pro café da manhã estraçalhando. Cinco ursos de training! Rapam até bandeja de presunto. O que eles não comem na Rússia descontam no hotel. Se você quiser tomar café da manhã tem que descer antes deles, senão só toma leite.

Por isso que uma brasileira indignada saiu gritando: "Os russos comeram o meu presunto! Os russos comeram o meu presunto!"

E uma outra torcedora me falou que ela é apaixonada pelo Edmundo porque ela é chegada num bofe-problema. Pé-de-encrenca! O Edmundo é como bacalhau, não tem cabeça. Porque há três coisas que nunca ninguém viu nem verá: enterro de anão, cabeça de bacalhau e bicha virar homem. Rarará!

E eu tô achando que o Edmundo vai virar office-boy. Passar o dia inteiro no banco! Rarará!

Milagre! Milagre! Os macho-cados treinaram. Com bola! O quê? Com BOLA? Não?! E sabe o que eles falaram quando viram a bola? Muito prazer, então essa que é a famosa bola? Rarará!

E agora falando sério: diz que não tem muito treino porque o Gagallo não sabe treinar mesmo e ponto! E o Juca Kfouri escreveu que tiraram o Macunaíma, o Romário. Em contrapartida ficou a mula-sem-cabeça! Rarará!

Enfim, dizem que estamos à beira do abismo. É só dar um passo à frente e voltar pra casa. Que eu também vou pegar esse caneco na porrada. Rarará! Nóis sofre mas nóis goza. Em francês! Com biquinho é mais gostoso.

07/06/98

ATAQUE DO GAGALLO! DEZ ATRÁS E UM RECUADO!

Buemba! Buemba! Macaco Simão Urgente! Seleção dos Macho-cados no Tentacampeonato! Da seleção TitaNike! Direto da Cidade Luz, mas é bom trazer uma lanterna porque vai entrar tudo em greve. E hoje vai ter treino? Então não esquece de chamar aquele meu amigo que tem todos os pré-requisitos pra seleção: 33 anos e joga mal pra burro! Rarará! E saiu o novo ataque do Gagallo: dez atrás e um recuado!

E a Rádio Bandeirantes botou em contato o Gagallo e o FHC pelo telefone. Não ouvi mas imagino como foi a conversa. Gagallo: "Estou aqui em Paris! Ulalá!". FHC: "O quê? LULALÁ?". "Não! ULALÁ!". "O quê? LULALÁ? Vai pra penta que o paris!". PAF! Rarará! E quem está arrasando mesmo são as basqueteiras. E sabe por quê? Porque perereca pula. É a Força da Periquita!

E um torcedor me disse que só faltou a Nike ter patrocinado um jogo do Brasil com a seleção do Nepal. Já imaginou ver 11 monges de olhinho fechado sentados meditando e o Brasil perdendo gols. Rarará.

Aí vinha o Gagallo explicar: "O time deles se movimentava bastante, mas mesmo assim deu pra gente testar a defesa".

E por que ele não tira o Frangarel e bota o Dida no gol? Pra defesa ficar Cafu-Dida. Mais ainda? Rarará! E já que a seleção fica lambendo o patrocinador por que eles não jogam tão bem como nos comerciais da Nike? E eu acho que a Nike fez um concurso pra ver quem bolava a camisa mais feia pra seleção. Tenho um pijama em casa igualzinho e não custou nem 50 mangos! E diz que o Ronaldinho só tá batendo na trave porque ele tá ensaiando pro Gol Show do Silvio Santos. Paga mais que bicho!

Jogador brasileiro agora é como juke box. Só funciona botando a moedinha. Só gostam de duas coisas: grana e paquita. E raiders! Eles não estão errados. Errado é quem os escalou!

E sabe quem eu vi tirando credencial? A Ana Paula Padrão, da Globo. Só que a credencial é mais alta que ela. Vai ter que fazer a barra da credencial! E só pra assustar o pessoal da Globo eu botei uma placa no centro de imprensa: MST. Macaco Simão Trabalhando! Rarará!

E o Bebetô? Com aquele nana-nenê? Sendo que o nenê já deve estar até tomando Viagra. E a divisão antiterror tá marcando a maior bobera. A bomba tá lá em Trottoir-la-Derrière, ops Ozoir-la-Ferrière. De agasalho amarelo e óculos!

Dizem que estamos à beira do abismo. Então, é só dar um passo à frente e voltar pra casa. Mas avisa pro Gagallo dá um tempo, que eu tenho que passar no Gucci pra comprar o meu mocassino. Pior uma amiga que ganhou uma bolsa verde-amarela da Adidas, mas tá com pena porque só vai usar um mês. Rarará! Nóis sofre mas nóis goza! Como dizem as manchetes francesas "En Avant Toute". En avant toute quer dizer Pra Frente Brasil. Rarará!

07/06/98

SAIU O NOVO ATAQUE DO GAGALLO: DEZ ATRÁS E UM RECUADO

Seleção dos Macho-cados no Tentacampeonato. Vai ter treino? Não esquece de chamar meu amigo que tem tudo para jogar na seleção: 33 anos e joga mal pra burro!

08/06/98

O GAGALLO TÁ A CARA DA VOVÓ DONALDA!

Buemba! Buemba! Macaco Simão Urgente! Direto da Seleção TitaNike! Atenção! Ontem vi dois inimigos: dois escoceses de sainha perdidos na rue de Rivoli! Um kilt com duas pernas peludas. E diz que eles não usam cueca. Porque eles são machões. Diz que são os gaúchos da Europa! E não usam cueca? Com esse vento que bate em Paris?! Quem tá a fim de ver peru de escocês? Vai dizer que é xadrez também? Peru enrolado em manta Parayba!

MICO! Hoje eu fui ao treino em Usar-la-Derrière, ops Trottoir, ops Ozoir! O Gagallo entrando em campo é hilário. Parece a Vovó Donalda! E o dr. Lítio Tolerdo tá a cara do Gansolino! E o Dunga parece técnico: mais reclama que joga!! E treino coletivo é assim: eles jogam contra eles mesmos. E os dois perdem.

E treino secreto é dentro do quarto, um chutando o outro. Tamanha união. Rarará! Mas eu gostei mesmo do treino do pé trocado. Quem é canhoto, treina chutando com o pé direito e vice-versa. É bom porque assim a gente sente que tem outro pé, como disse o Leonardo. Rarará!

Torcedor brasileiro, atenção: francês não é surdo. Eles não lavam a orelha, mas não são surdos! Não adianta chegar no bar do treino e gritar: "Eu quero pagar. PAGAR!". Não adianta gritar! Francês não é surdo, eles só não entendem português. Aliás, uma coisinha o cara do bar aprendeu: "É para bébeeer?".

E o Romário vai virar comentarista da Globo? E ele vai limpar o nariz e coçar o saco? Porque em campo toda entrevista do Romário é assim: dá uma coçadinha no nariz e outra no saco! Que pena que aqui não pega a Globo. Tô louco pra ver um diálogo entre o Baixinho e o Magdo Bueno! Que pena. Primeiro porque eu gosto do Romário. Segundo porque ele virou mártir. O mártir do penta. E terceiro que comentarista não é emprego, é aposentadoria! Rarará. E aqui estamos na maior correria. Tentando tomar todos os vinhos antes do Gagallo mandar a gente pra casa.

Torcedor brasileiro, não reclame dos cachorros! Eles são os donos de Paris! Nos cafés basta o cachorro abanar o rabo que o garçom vem correndo. E serve a comida na mesma louça dos donos. Diz que os cachorros é que escolhem o restaurante: AU! AU! Hoje vamos à La Coupole!

E essa história de obrigar dono a limpar cocô de cachorro quase derrubou o Chirac quando era prefeito! E nós vimos uma francesa empurrando um carrinho de bebê com um cachorro no lugar do nenê. O Bebetô podia fazer nana nenê com um cachorro. E eu amo os animais. Aliás, quanto mais eu conheço os homens, mais eu gosto do Edmundo. Rarará!

Na próxima vez eu vou querer cobrir campeonato de xadrez. Aí em vez da torcida gritar "Penta! Penta!", grita "Pensa! Pensa!". Rarará. Nóis sofre mas nóis goza. Em francês. Com biquinho é mais gostoso! Rarará!

09/06/98

BUEMBA! BUEMBA! PIRANHAS TROTAM EM TROTTOIR!

Seleção dos Macho-cados muda pra Les Invalides! Os Macho-cados mudam pra Les Invalides!

Buemba! Buemba! Macaco Simão Urgente! Direto da Seleção dos Macho-cados! Acabo de comer um escalope de veau a Normandie com um copo de Bordeaux. E vocês aí tendo que aguentar a cara do Covas, o único homem com TPM permanente. Rarará! E hoje acordei animado. O Penta é Nosso! Arruma um emprego de babá pro Bebeto e bota o Animal. O Edmundo entra, e o penta arrebenta!

Eu acredito na Seleção! Assim como acredito em trem bala alemão, duendes e plano de saúde! E aqui na França não devia ter Copa do Mundo. Devia ter campeonato de quem fuma mais! Tão sempre com o cigarrinho no bico!

Brasileiros que não estejam com passaporte vencido venham pra Paris. Pra completar a zaga do Gagallo! Aldair e André Cruz, macho-cados! Mais um contundido e vão ter que mudar a seleção praquela estação de metrô: Invalides. Les Invalides! E o dr. Lítio Tolerdo não enxerga nem fratura exposta! Aliás, o Gagallo e o dr. Lítio juntos no meio do campo parecem aqueles dois velhos que ficam conversando na farmácia. E a dificuldade pra entrevistar jornalista depois do treino? Daqui a pouco vai ter cambista vendendo lugar na grade!

E vocês viram as piranhas faturando alto depois da chegada dos brasileiros em Ozoir? Ops, Trottoir. Eu não disse que era Trottoir? Trottoir-La-Derrière. Piranhas arrasam em Trottoir. Aí tem bola na rede. São as antigagallas! E hoje cedo, saio do metrô e, cuidado! Inimigos à vista! A Turma das Mantas Paraybas invadem a Champs Elysèes. Paris está lotada de escoceses! Duas perninhas peludas, saia kilt e cara pintada como Mel Gibson em "Coração Valente". Versus Coração Aguente! E o Havelange depois de sair da Fifa vai ser embalsamado? Ele assiste a partidas e só acorda na hora do gol. GOOOOL! De quem?

Depois passei no santuário da Lady Di. Lembrei da Seleção e pensei: "Desastre por desastre eu vou lá pro túnel da Lady Di". E a melhor mensagem escrita: "Diana, Te Queremos!". Peru. Lima!

Depois jantei no Bistrô Dartan em Montaparnasse. E aí entrou um casal com um cachorro. E eu pensei "Conheço esse cachorro de algum lugar". Lembrei! Era o mesmo que dois anos atrás tava jantando no Au Pied de Couchon. Reconheci o casal. Pelo cachorro, claro! Rarará.

E aí o garçom passou a mão no bumbum duma française. E uma amiga gritou: "Olha, ele passou a mão no bumbum da francesa". Claro, estamos na França. Vive La France! Rarará. Nóis sofre mas nóis goza. Avante Pentanic. O Penta é Nosso! Agora resolvi me animar. OU VAI OU VIAGRA!!!

10/06/98

O QUÊ? O BRASIL DE SALTO ALTO E OS ESCOCESES DE SAIA?

Gagallo! Se hoje der pênalti, deixa que eu chuto! E sabe o que o Viagra falou pro Gagallo? Você vai ter que me engolir. Rarará!

Buemba! Buemba! Macaco Simão Urgente! Direto de Paris! Da Seleção dos Macho-cados! É hoje, macacada! Vamos virar esse uíscão zero bala?! Brasil x Escócia? Um uísque antes e um cigarro depois. Vai ser lindo o jogo. O Brasil de salto alto e os escoceses de saia. Futdrag! Rarará!

E eu sei como vai ser aí no Brasil. Hoje nem desempregado trabalha! E os morros do Rio estão muito mais enfeitados que Paris. Daria pra mandar uns traficantes ajudarem a enfeitar a Cidade Luz? Bandeira aqui faz sucesso, porque em Paris venta muito mais que em Campinas!

E diz que aí a torcida está dividida entre os otimisticamente pessimistas e os pessimisticamente otimistas! E um leitor me passou um e-mail do Brasil dizendo: "Você sofre aí comendo um camembert regado a Bordeaux e nóis sofre aqui na base do salaminho e da cerveja!". Só que camembert aqui é quando o Dunga tira a chuteira! Rarará!

E a estréia do Romário como comentarista? Que pena que aqui não pega a Globo! Tô louco pra ouvir o diálogo entre o Romário e o Galvão Bueno, vulgo Magdo! Sai a dupla Ro-Ro, Ronaldinho e Romário, entra a dupla ROMAGDO! Romário e Galvão Bueno. E reparou que tudo o que o Romário fala, ele termina dizendo "ceerto?". Então já sei como vão ser os comentários: "O Zagallo tá errado, ceeerto?". "Foi um erro eles me cortarem, ceerto?". Ceeerto! Rarará! Só espero que ele não fique limpando o nariz nem coçando o saco. Como no campo!

E do jeito que os escoceses bebem, eles vão tentar derrubar o Frangarel no bafo! E adoro essa expressão: Força Aérea Escocesa. Eles vão atacar de avião?! São famosos pelas bolas aéreas e os brasileiros são tudo baixinho! Faz que nem pereca! Pula! O Penta é Nosso! Seleção do TitaNike versus Os Kilts Voadores!

Mas antes de ir lá pro estádio eu vou ter que dar uma paradinha em Notre Dame pra acender uma vela! Como diz aquele outdoor em Sampa: "Em 1970, nós eramos 90 milhões em ação. Agora somos 150 milhões em oração". Obrigado, Gagallo. Nem o papa conseguiu esse milagre!

E o Gagallo conseguiu fazer o que a Igreja Católica está tentando fazer há 500 anos: botar 150 milhões de brasileiros rezando!

E eu tenho pena dos jornalistas que entrevistam os escoceses. Já imaginou sotaque de jogador de futebol em escocês? Sotaque de escocês já é difícil, imagine sotaque de jogador de futebol em escocês. E não vão confundir o Dunga com o Mel Gibson. Naquele papel de escocês em "Coração Valente". Ops, Coração Aguente! Vive La France! Nóis sofre mas nóis goza. Em francês! Com biquinho é mais gostoso. Avante Pentanic!!!

10/06/98

HOJE TEM SALTO ALTO CONTRA SAIA

E sabe o que o Viagra falou pro Gagallo? Você vai ter que me engolir. Rarará!

É hoje, macacada! Brasil x Escócia? Um uísque antes e um cigarro depois. Vai ser lindo o jogo. O Brasil de salto alto e os escoceses de saia. Futdrag! Rarará!

11/06/98

EX-CÓCIA! DERRUBAMOS AQUELE MONTE DE JOÃO BAFO DE ONÇA!

Buemba! Buemba! Macaco Simão Urgente! Direto do Stade de France! A única coisa que não pode vencer é o desodorante da torcida! Derrubamos aquele monte de João Bafo de Onça. Com gol contra, mas foi bola na rede! E isso é inédito: a Escócia perdeu, mas já fez mais gols que o Brasil?! Tá com saldo de gols! Brasil x Ex-cócia! Trepidante! Pelada x Várzea! E como é que um escocês faz gol contra?! Já usa saia e ainda faz gol contra?

E como me disse aquele leitor: "O Brasil tá botando pra quebrar. Já imaginou quando os atacantes resolverem marcar gol?". E o Júnior Baiano foi apelidado de JB, o único scotch que dá dor de cabeça! E a revista no estádio era super-rigorosa: só faltou exame de próstata e bafômetro! E adorei o discurso do Jacques Chirac: "Está aberta a Copa do Mundo". E ponto. Foi o único discurso lúcido da vida dele! E o show de abertura? Francês é tão cabeça que faz batucada dodecafônica!

E FORA BEBETO! BOTA O ANIMAL! O ataque do Gagallo é dez atrás e um recuado. E com o Edmundo fica dez atrás e um revoltado. Rarará!

E o Bebeto que vai bater escanteio e fica mandando beijinho pra torcida? Ele pensa que é o Fábio Jr.? Chega de nana nenê. Sendo que esse neném do Bebeto já tá tomando até Viagra!

E a tática da Seleção TitaNike: uma quase-jogada que talvez resultasse num quase-gol! E o Denílson é um deus, e o Ronaldinho é sensacional, mas só faz gols na Inter! E os escoceses faziam ola levantando a sainha! OOOOLA! E os perus pra fora. Ola de perus! E aquela turma que tava assistindo o jogo no restaurante Pitanga, aí em São Paulo? Assim que o escocês fez gol contra teve rodada de scotch. Grátis!

E a torcida brasileira? Os principais produtos de exportação do Brasil são: apito, corneta e tambor. E aquele monte de peruca de ráfia verde-amarela? Perucas mulatas do Sargentelli!

E a gente tinha que assistir o jogo contra o vento pra não sentir o bafo dos escoceses. E nós tivemos três tipos de gols: um gol de rabo (feito com a cabeça), um gol de pênalti e um gol contra. Feito pelo Boyd. O Bad Boyd da Escócia! E uma amiga minha disse que a melhor hora da transmissão do jogo é a hora do hino nacional: dá pra fazer uma averiguação homem a homem!

E a Escócia é o único país do mundo em que se vende cartão de aniversário pra cem anos. É verdade! Então separa um pro Gagallo. O Gagallo foi vaiado no estádio! Anunciaram no telão: Zagallo, the coach, técnico. E a torcida UUUUUUU! Rarará. Ganhamos. Dispensa o Engov pra ressaca do scotch. Eu dispenso o Engov, mas não engulo o Gagallo. Rarará. Nóis sofre mas nóis goza! Em francês. Com biquinho é mais gostoso. Pra falar a verdade, eu não aguento mais fazer biquinho. Vive La France. Avante Pentanic!

12/06/98

BUEMBA! OS MARROQUINOS SÃO A CARA DO ROMÁRIO!

Buemba! Buemba! Macaco Simão Urgente! Direto da Seleção do TitaNike! Ainda sobraram dois peludos de saia aqui no hotel. Mas já tavam pedindo as contas! E sabe o que vi anteontem no estádio de Saint-Pênis? Uma faixa escrita "A MOOCA NA COPA". Orra meu! Os maluco veio? Tá parecendo aquela outra faixa que os cearenses orgulhosamente estenderam na porta do hotel: "CARIRI ABRAÇA PARIS".

E a melhor manchete sobre o jogo Brasil x Ex-cócia é a do NP: "Denílson acorda Seleção Molenga". E os molengas estavam de folga ontem. Acho que foram dar uma bimbada. É verdade. Diz que os casados foram dar uma bimbada. E os solteiros já estão comendo até perna de mesa!

E sabe por que a seleção não pode entrar no Louvre? Pro Gagallo não ficar gritando pra Mona Lisa: "Você vai ter que me engolir! VOCÊ VAI TER QUE ME ENGOLIR!". Rarará!

E um leitor me disse que gostaria de ganhar metade do que o Ronaldinho ganha, pra fazer o dobro que ele fez no jogo.

E eu estava vendo Marrocos x Noruega, e os marroquinos são todos a cara do Romário! É tudo cafussu, como se diz no Nordeste. Terceiro Mundo é tudo igual. Vingança! Vingança! A Vingança Sará Maligna! Brasil vai jogar contra 11 Romários!

E depois que o Romário virou comentarista da Globo, agora só falta o Vicentinho virar comentarista político do Jornal Nacional! E o Dunga deve ter ido dar uma bimbada na Branca de Neve! Porque passou um ônibus da Eurodisney lá na Seleção pra levar uns jogadores. Eu não sei o que eles foram fazer na Eurodisney. Pateta por Pateta, eu ficava lá na concentração. Rarará! Ô esculhambação. É que eu não vim pra explicar, vim pra esculhambar!

E o Gagallo já tá a cara da Vovó Donalda. E o dr. Lítio Tolerdo parece o Gansolino. E o Edmundo é o próprio Zangado. E o Frangarel, o Soneca! O que eles foram fazer na Eurodisney!!!! E ainda andaram de montanha-russa! Montanha-russa pra mim só em motel!

E diz que os doutorandos radicados em Paris gastaram todo dinheiro da bolsa em cerveja. Pra comemorar. Então comemoraram com meia cerveja.

E um outro radicado em Paris me convidou pra casa dele pra eu saber como vive um brasileiro sem visto! Rarará! É mole? É mole, mas sobe! E FORA BEBETO! A Galera quer Denílson e Animal!

E como me disse aquela torpiranha, mistura de torcedora com piranha: manda a Fifa liberar que eu tô louca pra levar um carrinho por trás do Edmundo! Rarará. Nóis sofre mas nóis goza. Em francês. Com biquinho é mais gostoso. Viva La France! Avante Pentanic! E agora com licença que eu vou ver Itália x Chile. Com o Baggio. Aquele que deu o "tretra" pra nóis!!!!

13/06/98

COMO É QUE A GENTE GRITA FORA PARREIRA EM ÁRABE?

Buemba! Buemba! Macacô Simão Urgente! Direto da Seleção TitaNike! Socorro! Socorro! Quase morro asfixiado no elevador. Por abuso de fragrância. Tinha uma francesa com overdose de perfume! Elas matam por asfixia. Serial Cabochard Killers! É bon soir, bon suar, mas ninguém toma banho!

E Paris é o paraíso das gatas véias. Elas podem ter 70 anos, mas ainda com pinta de Brigitte Bardot. E eu tenho que parar de tomar tanto vinho, senão vou pagar excesso de bagagem: fígado inchado! Rarará!

UFALALÁ! Ontem vi três jogos e um filme cabeça. E sabe como é filme cabeça francês? Um monte de gente pelada discutindo. E adorei a camiseta do Ronaldinho: "Não olhe para mim; minha namorada é ciumenta". A bola entendeu o recado! Rarará!

E um leitor que tem pavor do Galvão Bueno me pediu para, em nome de milhões de torcedores brasileiros, lançar a campanha "AMARRA O MAGDO NA TORRE EIFFEL E SÓ SOLTA DEPOIS DA COPA!".

E diz que a Dinamarca e a Arábia Saudita fizeram o jogo mais chato da Copa. Claro, adivinha quem é o técnico da Arábia? O Parreira, o pai do

Gagallo! E como se grita Fora Parreira em árabe? Deve ser Al-Fora Al-Parreira! GOOOOL! Da Dinamarca! Esses árabes vão acabar cortando o pé do Parreira. Não é a mão, não. Vão cortar é o pé do Parreira!

E ele não fala árabe. Quando ele quer orientar o jogador, ele fala pro tradutor, que vai lá e fala pro jogador. Então das duas, uma: ou o Parreira continua ruim como sempre ou o tradutor que é péssimo. Ou as duas anteriores! Rarará!

E hoje ele vai levar um baile do rei. E o Parreira foi o técnico do tetra, o tétrico! E os árabes usam um quibe frito no lugar do nariz. E a defesa árabe é uma esfiha aberta! E quem ficou tomando conta da lojinha? Rarará!

E se no Brasil tudo termina em pizza, aqui na Copa da França tudo termina empatê! Itália x Chile, empatê. Bulgária x Paraguai, empatê. Camarões x Áustria, zerrô zerrô empatê. Tudo termina em patê!

Marcação homem a homem termina pau a pau. E o grande problema do futebol de resultados é que não apresenta resultados. E diz que o Gagallo foi chamado pra nivelar a Copa por baixo. Só dá time ruim! E se no Brasil tudo termina em pizza, na Bulgária tudo termina em couve. Ivankôv, Nankôv e Balakôv!

E já tem juiz ladrão na Copa. Como disse o cara da lavanderia: "L'arbitre pirrinc roubou pra Itália". Avisa pro Chile que o buraco é mais em Baggio. Uuuuhnn! Infame essa!

E avisa pros torcedores que camisinha em francês é capote. Ou seja, todo mundo transando com capote! Pro bimbo não espirrar! Rarará. Nóis sofre mas nóis goza. Avante Pentanic. Deixa que eu levo o caneco!

14/06/98

UEBA! ATAQUE FRANCÊS DERRUBA NA BASE DO CECÊ!

Buemba! Buemba! Macaco Simão Urgente! Aqui em Paris em todo lugar é assim: aqui sentou Racine, aqui sentou Voltaire, aqui sentou Baudelaire. Sempre tem alguém que sentou antes de você. Eu acho que vou comprar uma cadeira nova e escrever: aqui sentou o Macaco Simão. E os nomes dos cachorros? Cabochard, Patchouli. É tudo viado! Rarará! E as francesas com aquele abuso de fragrâncias continuam umas serial cabochard killers. Matam por asfixia!

E anteontem foi quente! França e África do Sul! E no hotel era assim: os proprietários torciam pra França, e os empregados, pra África. Pergunto pro ascensorista: "France or Afrique?". Afrique! Pro garçom: "France or Afrique?". Afrique! E aí pedi o jantar no quarto, porque estou escrevendo a coluna e o maître perguntou: "Nove e meia tá bom?". "Durante o jogo?". E ele: "Qual o problema?". O problema é que se fosse no Brasil ou botavam veneno ou cuspiam no prato. Diz que hora do jogo somos 150 milhões SEM ação. Rarará!

Aliás, diz que aí no Brasil a situação tá tão braba que as duas únicas coisas que estão vendendo são bandeira brasileira e camiseta do Ronaldinho! E aí a França ganha! Desço correndo pro bistrô do hotel e todos os franceses aplaudindo. A vitória da França? Não, a cantora! Eles estavam aplaudindo uma Piaf gorda! Mas aí fui pro bar e o barman não cobrou o café: "Pour la Vitoire". Então me dá dois. Rarará. Dois cafés de graça eles não deram nem quando tomaram a Bastilha! E sabe como os franceses atacam? Levantam os braços e vão derrubando os adversários com o cecê!

E diz que depois do Maluf ter passado trote na polícia o Don Doca FHC se animou e também ligou pro 190: "Tem um barbudo suspeito na rampa. Parece que tá querendo subir!". Rarará!

E o primeiro gol do Brasil: César Sampaio. Fez um gol e depois se arrependeu e provocou o pênalti pra compensar. Ou então levou a maior bronca do Gagallo: "Tá louco? Quatro minutos do primeiro tempo e já quer ganhar?". Rarará!

AI! O Gagallo teve uma lesão na panturrilha do cérebro. Confirmou o Bebeto. O Bebeto tem que fazer propaganda de carpete: vive no chão! E o Gagallo ainda confirmou a posição do Denílson: reserva titular do segundo tempo. E a pedidos de milhões de torcedores já lancei minha campanha Galvão Bueno: "AMARRA O MAGDO NA TORRE EIFFEL E SÓ SOLTA DEPOIS DA COPA".

E depois de ver aqueles técnicos italianos chics, vamos fazer uma vaquinha pra comprar um terno pro Gagallo? Aquele roupão TitaNike não dá mais. O Gagallo devia lançar uma grife de agasalhos medonhos. Agagalhos Gagallo: Você Vai Ter Que Me Engolir! Rarará! Nóis sofre mas nóis goza. Avante Pentanic! Pra Frente Brasil! OU VAI OU VIAGRA!

15/06/98

BUEMBA, BEBETO CHUPETA FAZ GOL EM OSASCO-LA-FERRIÈRE!

Buemba! Buemba! Macacô Simão Urgente! Direto de Osasco-la-Ferrière! Ué, Ozoir não fica na periferia de Paris? Então é Osasco-la-Ferrière! E lá vem o homem na televisão fazendo biquinho: "La Coupe du Monde du Fut, carton rouge, bateau mouche, cornér". Num guento mais fazer biquinho. Quest que tu panse, qui fazer biquinho non canse?

E no jogo do Irã, o Sílvio Luiz vai ficar gritando "Pelas Barbas do Profeta?". Rarará. E sabe qual é o bicho dos iranianos? Uma peregrinação grátis pra Meca. É verdade! Eu vi num documentário. Uma iraniana disse que ia assistir o jogo com o Alcorão na mão e rezando pro profeta. Mas ganhou a Iugoslávia. Os noróticos de guerra. A seleção do Mijatovic. Mas não Mijatovic na Torre Eiffel, please!

E o goleiro espanhol? O Zumbi Zureta! Esse não engoliu um frango. Engoliu um coq au vin. Um galo ao vinho! É o Frangarel fazendo escola. E avisa pro Frangarel que a moeda nacional da França é franco. E não frango! Senão, ele vai querer pagar tudo em frango. Trezentos frangos. Pour monsieur, eu deixo por 2.000 frangos. Rarará!

E os meus brimos e batrícios já me mandaram dizer que Fora Parreira em árabe é "Barrah Barreira". Então aproveita e Barrah Gagallo. E Barrah Bebeto!

Zaponêis tudo zunto na Copa. De zoião arregalado. Como é que um japonês de olho puxado fica correndo atrás de uma bola redonda? É complicado! E os japoneses têm todos nome de carro importado. Só faltou o Kabetudo Nakombi! E os ar-rrentinos macaquitos têm cara de galã de fotonovela, os Gardelóns. Que entraram de salto alto e quase caíram do Passarela. Chiquíssimo, de terno. E o Gagallo com aquela tenda de camping amarela.

E jogador de olho puxado tudo bem. Eu não quero ver é MOEDA DE OLHO PUXADO! Ien, tô fora. E aquele japonês de cabelo cenoura? A mulher dele deve ser cabeleireira lá na Liberdade, a Zuleika! E o nome dele é Nakatá, como dizem aqui. Nakatá x Batistutá! Os japoneses fizeram os ar-rrentinos dançarem apertaditos, né?! E a grande sensação: a camisa do goleiro zaponêis. Sensacional! Esse fechou mais que a Vera Loyola! Gente, o que era aquilo? Joãozinho Trinta com Lacroix! Paris em chamas!

E aí eu estava jantando com uns colegas da Folha no Le Procope quando entrou adivinha quem? Alain Delon com Juliette Binoche? NÃO, o Maurício Kubrusly, o vampiro brasileiro. Com as câmeras ligadas. Desliga esse flagrante!

Aí passa na televisão aquela mesa cheia de queijos e vinhos e o dono do jornal vai pensar que a gente não tá trabalhando. Rarará. Nóis sofre mas nóis goza! Aliás, como disse uma leitora: "nóis sofre e VOCÊ GOZA. Aí em Paris!" Ainda bem. Já imaginou se a Copa fosse no Zimbábue e o técnico fosse o Lazaroni?! Avante Pentanic!

16/06/98

BUEMBA! JÁ ACORDEI PRA LÁ DE MARRAKECH!

Buemba! Buemba! Macaco Simão Urgente! Direto de Nantes! Viagem de trem Paris-Nantes: torres e vaquinhas. Aqui, pela cara da vaca a gente já sabe o queijo que ela vai dar. Aquela ali vai dar gruyére, aquela lá vai dar camembert e aquela outra pé-de-chulé. E aí passamos por um pasto e o Cony disse: olha três queijos deitados! Rarará!

E hoje em dia brasileiro tem que torcer três vezes: torcer pro Brasil, torcer pra arrumar emprego e torcer pro gerente do banco estar de bom humor! E pro Gagallo tirar o Bebeto. Que fez três gols no treino. Então acabou o estoque. Era um pra cada cria! E é hoje! Já acordei pra lá de Marrakech. É hoje! Que vamos comer o cuscuz de Marrocos! Seleção TitaNike x Os Marrequinhos! Todos com cara do Romário. Terceiro Mundo é tudo igual!

E os torcedores colombianos já estão na tela. Todos com aquela peruca amarela do Valderrama. Já imaginou você comprar um ingresso caríssimo e um colombiano com aquela perucona amarela sentar na tua frente? E diz que lá na Colômbia, do pó tudo termina em grama! Rarará!

E aquele gol do jamaicano já está sendo chamado de O GOL DO BASEADO! Baseado em que ele fez aquele gol? Gol de cabeça. Feita! Rarará! Jamaica x Croácia. Batuqueiros x Noróticos de Guerra! Eu nem sabia que tinham sobrado 11 sobreviventes na Croácia! E diz que a Jamaica perdeu porque veio com aquela tática: Vou apertar, mas não vou acender agora. Rarará! E dá um vienatone pro Gagallo ouvir a torcida. Ouve a voz do povão, Zagallo. Como gritou a manchete da "Gazeta Esportiva". A galera quer o Edmundo e Denílson. E aí um leitor me passou um e-mail: LOBBY ANIMAL! BOTA O BEBETO PRO PAU!

E até uma brasileira que mora em San Francisco me escreveu: "Como eu adoro a natureza e aprecio a beleza, estou de acordo com a maioria feminina: 'Viva o Animal!'". Rarará!

E diz que o Gagallo já definiu a posição oficial do Denílson: reserva titular pro segundo tempo!

O Edmundo é um Animal, e o Bebeto, um Mineral! E já imaginou se o Animal entra em campo e vira um vegetal? Rarará! E já imaginou se o Bebeto Chupeta marca uns quatro gols e queima a nossa língua?! E saiu na Internet pelo UOL a pesquisa: Onde você acha que o Zagallo devia colocar o Edmundo? Lá na frente, porque o Bebeto não dá, 49%. No primeiro vôo pro Brasil, 28%. Ah, bota do meu ladinho, 6%. E deixa no banco, porque o Edmundo de cara feia é uma gracinha, 2%!

E hoje no Brasil nem desempregado trabalha. São 150 milhões SEM ação! E se o Bebeto insistir em jogar mal, eu vou ficar gritando "Corta o bicho dele! Corta o bicho dele!". Rarará. Nóis sofre mas nóis goza. Avante Pentanic! Gagallo, se hoje der pênalti, deixa que eu chuto! Rarará!

17/06/98

AVANTE PENTANIC! AGORA SÓ FALTA LAVAR A NORUÉGUA!

Buemba! Buemba! Macaco Simão Urgente! Avante Pentanic! Já comemos os marrequinhos. Agora só falta lavar a Noruégua! E marroquino é bom de sacanagem e restaurante. Porque em matéria de futebol a bola atrapalha. E ainda fizeram uma tatuagem na perna do Ronaldinho!

E eu não vou queimar a minha língua coisa nenhuma. O Bebeto só faz gol quando não precisa. Rarará! E o estádio todo ficou emocionado como os marroquinos cantaram o hino com o maior entusiasmo. Gastaram todo o fôlego no hino!

Buzinaço em Nantes! Com aquele carro vermelho escrito São José do Rio Preto. Sendo que o último cara que buzinou em Nantes foi em 1938. Ops, minto, foi em 1945, pra comemorar o fim da Segunda Guerra. E ainda assim mandaram ele ficar quieto! Rarará!

E será que a gente vai ter que engolir o Gagallo? Tudo bem. Depois a gente vomita. Num tupperware. E manda pro quarto do Ricardo Teixeira. Rarará. E os reservas no banco chupando laranja? Você vai ter que me chupar. Agora não é mais você vai ter que me engolir. É vai ter que me chupar. E o Dunga mudou de anão. Agora ficou Zangado! E a seleção aqui na França é assim: Bebetô, Rivaldô, Baianô, Chegô e Saravô! Ganhamos, mas o joguinho foi bem merreca, né?!

E uma leitora me falou que aqui na França pelo menos eu tô livre dos 0900: "Não aguento mais assistir jogo ligando pro carrão do Faustão ou pra chimbica importada da Hebe". Rarará!

E o Romagdo? E a dupla Romagdo, Romário e Magdo Galvão Bueno? O Magdo já raspou aquela sua única sobrancelha? Rarará! E eu gostaria de saber quantas vezes o Romário disse "tá xerto, parxeiro!". Rarará. É mole? É mole, mas sobe! Viva a Seleção do TitaNike!

LOBBY ANIMAL! Finalmente soltaram o Animal em campo! As pererecas aplaudiram! E avisa os marroquinos que eu tô trocando o Gagallo por 11 camelos!

E já sei, ontem no Brasil nem desempregado trabalhou. São 150 milhões SEM-ação! E o cúmulo do humor negro aí no Brasil é o cara torcer e depois lembrar que tá desempregado e que não tem grana pra sair pra comemorar! E os marroquinos concederam um dia de folga pro Frangarel! Ele nem viu a bola. O Frangarel não é mais frangarel, é um Pastel mesmo. Rarará! E o Júnior Baiano não é mais JB. É Drurys. Só dá dor de cabeça! E hoje volto pra Parisminha, volto pra Paris! De volta pra civilização! Nantes é tão trepidante quanto Águas de Lindóia fora de estação. Rarará. Nóis sofre mas nóis goza. Eu não vim pra explicar. Vim pra esculhambar. En avant toute. Pra Frente, Macacada! Deixa que eu levo o Caneco! Com biquinho é mais gostoso!

18/06/98

EDMUNDO URGENTE! ANIMAL TROPEÇA NAS QUATRO PERNAS!

Buemba! Buemba! Macacô Simão Urgente! Hoje a grande polêmica ainda é Bebeto e Edmundo. Mineral x Animal. O Bebeto fez aquele gol que até a minha avó faria! E o Edmundo ainda bem que ele não tem quatro pernas, senão tropeçava nas quatro. Mas as pererecas aplaudem. E uma amiga minha deu a definição definitiva do Edmundo: mens insana in corpore tesudo!

Cheguei a Paris! Paris je t'aime! Eu não quero voltar pra Nantes. A gerente do hotel era uma francesa muito mal-humorada. Tenho certeza de que foi ela quem guilhotinou a Maria Antonieta! E pra comemorar minha chegada a Paris vou fazer um programa diferente: pedir um vinho californiano! Rarará. Isso dá guilhotina! Dez dias na Conciergerie!

E diz que aí no Brasil tão saqueando farmácias e supermercados. À cata de sal de frutas. Temos que engolir o Gagallo. Tudo bem. Eu engulo. Eu engulo o Gagallo, mas só se ele comprar um terno Armani. Mas não com aquele agasalho e com aquele boné, look de fugitivo de casa de repouso. Rarará!

E lá na praça principal de Nantes fizeram uma réplica de Copacabana: uma praça de areia. Errado! Réplica de Copacabana tinha que ter oito prostitutas, dois travecos, um camburão e três meninos de rua. Todos armados. E saiu a lista dos carros roubados no dia da comemoração do jogo: um Peugeot e outro Peugeot. Dois! Só no bairro lá de casa roubam isso por minuto! E atenção interior de São Paulo! Piracicaba entrou pro Primeiro Mundo. Numa das fotos do jornal de Nantes saiu a faixa estendida no estádio. "Éticos de Piracicaba". Éticos de Piracicaba? Mas eu acho que a foto tava cortada! Podia ser Céticos de Piracicaba ou DIABÉTICOS DE PIRACICABA! E eles não trouxeram a pamonha?! A pamonha tá lá no banco. De óculos e pernas cruzadas! Eu não vim pra explicar. Eu vim pra esculhambar! E sabe o que tinha ontem lá em Nantes na tal da réplica de Copacabana? Campeonato de Peteca! Tava lá na placa "Peteca, jeux de plage bresilienne!". E diz que Viagra no Japão se chama Aji-no-morto! Rarará! E os cucarachos estão arrasando nesse instante na tela. Chile x Áustria! Bofes da Madonna x Branquelos Coalhadas! E diz que o Zamorano é o predileito, ops, predileto da Madonna! Tá na cara. Ela é chegada num cucaracho! E será que nós vamos pegar os cucarachos ou os provolone?!

E os professores brasileiros tão fazendo greve de fome? Já sei, o Don Doca FHC e o Paulo Renato querem que os ex-colegas morram de greve! E uma leitora disse que o Ronaldinho foi eleito o homem mais sexy da Copa porque com aquela careca ele parece um pingolim tamanho família! Rarará! Nóis sofre mas nóis goza. Avante Pentanic! Deixa que eu levo o caneco! En Avant Toute Macacada!!

19/06/98

VIVE LA FRANCE!
FRANCÊS NÃO TOMA BANHO, MAS DÁ LAVADA!

Buemba! Buemba! Macacô Simão Urgente! Direto da Cópula do Mundo! Últimas Notícias! Morreu um anãozinho no suvaco da torcida francesa! Rarará. E o Brasil não joga nunca, é? Que tédio! Uma semana de espera! O negócio é torcer pro time dos outros! Gozar com o pingolim alheio. Vou torcer pra França! Pra anfitriã! E diz que aí no Brasil o real pelo menos trouxe uma certeza aos brasileiros. A certeza de que ninguém tem um tostão! Rarará!

Francês não toma banho, mas dá lavada! Coitado do Parreira! Vão amarrar ele na torre Eiffel e dar umas 300 chibatadas! Ontem aqui tava buchichado. França x Arábia Saudita! A seleção do Parreira! Barrah Barreira! Que é Fora Parreira em árabe! Ele apareceu o dia inteiro na TV! E o príncipe Faysal também! Aliás, diz que o príncipe é o Dunga do Parreira. E diz que lá na Arábia quando a seleção perde eles cortam o pé do técnico. O bé do Barreira!

E pra comemorar saiu até o sol em Paris. O sol! E as francesas arrancam as roupas e se atiram na grama. Parecem umas lagartixas tomando sol! E guerra aqui não é no campo. Guerra é conseguir uma mesinha num café!

E a França vence! Francês não toma banho, mas dá lavada! E francês comemora gol como a gente comemora um passe do Ronaldinho. E francês gosta mais de comer que de futebol. O pau comendo no gramado e os franceses nos bistrôs: a glace de sorbet au mentha du chocolat! Mas agora tá dando um buzinaço em Paris. Só que buzinar Peugeot é bem diferente que buzinar Passat! Buzinaço com biquinho!

Alá-la-ô-ô-ô! As Mil e Uma Noites no Champs Elysées! Blocos de árabes em trajes típicos. Sensacional. Parecia Carnaval. Uma Noite em Bagdá! E os torcedores entrevistados sempre terminavam assim: "Não sei o que lá, Alá!". Sempre terminavam com Alá. Iguaizinhos aos brasileiros: entregam a Deus. Também, com o Parreira e o Gagallo vai entregar na mão de quem?! Venceu! Venceu o desodorante da torcida francesa! Já imaginou a torcida francesa fazendo ola? OOOOLA e a gente desmaia! E diz que o ataque francês vence na base do suvaco. Eles levantam os braços e vão derrubando o adversário! E jogador francês fala as mesmas coisas que jogador brasileiro só que com biquinho: "La decison, l'équipe vendredi lelele lli". Rarará!

E a Dinamarca? Onze Falabelas em campo! Todos com cara de Caco Antibes! E o juiz tava com a macaca. Foi carton rouge pra tudo quanto é lado! E encontrei um torcedor de Mogi-Mirim perguntando se eu já tinha encontrado com a Hebe Camargo! E um outro com a camisa do Palmeiras. Camisa do Palmeiras na Copa? Palmeirense xiita. O que já é um pleonasmo! E vive la France. Venceu o povo do biquinho! Rarará. Nóis sofre mas nóis goza!

20/06/98

O DURO NÃO É ENGOLI-LO, O DURO É ENGASGALLO

Buemba! Macaco Simão Urgente! Direto da Cópula do Mundo! Vocês vão ter que me engolir! Eu tô obcecado por essa frase do Gagallo: "Vocês vão ter que me engolir". Obcecado, não. Preocupado. E um leitor já me mandou perguntar se o Gagallo tem açúcar, porque ele é diabético! Por isso não, a gente lança o Gagallo Diet. Pra diabéticos. E eu engulo o Gagallo, mas pede pra ele tirar os óculos, porque não gosto de nada crocante. Rarará! E o duro não é engoli-lo! O duro é engasgallo! Rarará!

E essa semana o Dunga virou herói nacional. O país inteiro queria xingar o Bebeto Chupeta, e ele foi lá e resolveu o assunto. Virou A Voz do Brasil! E uma torcedora tarada me disse que queria ficar uma hora com o Dunga que já tava bom. Uma hora? Do jeito que ele é, em 20 minutos ela já tava fumando um cigarro. E se pedisse mais, ainda levava uma cabeçada. Duas. Uma em cima e outra embaixo. Rarará. E quem disse que o Edmundo não é mais animal? Ostra também não é animal? E escargot também é animal, gritou um outro!

E um leitor chamado João Paulo me disse que, se o Godard fizesse um documentário sobre a Copa, ia ser um monte de mulher pelada sentada em cima da bola discutindo antropologia!

E eu acho que amanhã eu vou visitar a casa do Fernando Henrique: o palácio de Versalhes. Já imaginou a Maria Antonieta do Planalto entrando na sala dos espelhos? Ruth, Ruth, olha eu penteleito! Rarará!

E não sou só eu quem está reclamando de o Brasil jogar uma vez só por semana. Um brasileiro também reclamou: "O Brasil só tá jogando uma vez por semana? Não aguento mais trabalhar!". E eu torci pra França porque ela é a dona da casa. E quem não torce pra dona da casa sempre acaba lavando prato!

E a escola de samba Nigéria Futebol Clube acaba de entrar na avenida! A Nigéria não joga bola, dá show. Deviam cobrar alvará! E a comemoração do gol? Bem brasileira! E aquele Ikpeba é jogador de futebol ou mestre-sala?!

E aquela goma arábica do Parreira? Era igual à seleção de 94! Só que com um Frangarel, seis Mauros Silvas e quatro Zinhos! Eu acho que, depois dessa lavada, o Parreira saiu à francesa! Pra Riad ele não volta! Tenho certeza que ele já veio pra Copa com a mulher e as malas.

E sabe uma coisa que me deixou pasmo naquele jogo com Marrocos? O time levando uma lavada, e o técnico não fazia substituição. Também, substituir por quem? E torno a repetir que aquele gol do Bebeto até minha avó faria. Rarará. Nóis sofre mas nóis goza. Avante TitaNike! E um leitor me mandou um e-mail dizendo: Simão, dá uma mijada na torre Eiffel pro pessoal saber que você é brasileiro. Rarará! Se a torre Eiffel fosse no Brasil, já tava oxidada!

21/06/98

CÓPULA DO MUNDO! NÃO AGUENTO MAIS OUVIR HINO!

Buemba! Buemba! Macaco Simão Urgente! Direto da Cópula do Mundo! Não agüento mais ouvir hino. Minha orelha virou um escutador de hinos! Entro no quarto, ligo a TV, hino. Vou pro estádio, hino! Três jogos por dia, com dois hinos por jogo, já dão seis hinos por dia! Isso aqui tá virando um eterno 7 de setembro! Que tal um John Coltrane de vez em quando?!

E os russos ainda estão no hotel. Enquanto houver bacon no café da manhã, eles ficam! Tudo que não comeram na Rússia tão descontando no hotel! E o Júnior Baiano recebeu um upgrade em Paris: Baianô. E sem novidades no front: o Bebeto continua com aquela cara de esquilo com prisão de ventre. E diz que o Gagallo entrou numa livraria e o vendedor disse: “Com esse livro o senhor resolve metade dos problemas da seleção”. “Então me dê dois.” Rarará! E aquele jogador da Escócia que quebrou a mão? Isso é que dá proibir sexo na Copa!

E Saint-German não é mais aquela. Não é mais o reduto de intelectuais e existencialistas. Agora só tem butiques e griffes. Ao lado do Café de Flore abriram uma loja da Vuitton. Já imaginou Sartre vivo tendo que ficar olhando praquela vitrina da Vuitton? Ele não ia escrever “A Náusea”. Ia ter uma! Rarará! E se Albert Camus estivesse vivo, o máximo que ia escrever era um cheque de 5.000 francos na butique do Yamamoto! E a Espanha e o Paraguai? 0 a 0. Marcação homem a homem termina pau a pau! As sacoleiras festejam!

Buzinaço na ponte da Amizade. Eu acho que os espanhóis tomaram um Viagra paraguaio. Um Viagra paraguaio, um uísque paraguaio e tiveram uma ereção paraguaia! Isso que dá tomar Viagra de sacoleira! Pensa que é fácil pegar touro sem chifre que é aquele goleiro paraguaio?!

E vida de torcedor brasileiro é: macdô e metrô. Quando não tá no McDonald's, tá no metrô. E quando não tá no metrô, tá no Macdô! E não precisa ter vergonha de falar com sotaque. Falar com sotaque é a prova que você fala duas línguas.

E o Leonardo fala cinco línguas, é poliglota. E o Aldair é meioglota. Foi pra Itália, desaprendeu o português e até agora não aprendeu o italiano. Ninguém entende o que ele fala. Nem ele. Aliás, sorte dele! Rarará!

E hoje não perco o muy amistoso Irã x Estados Unidos. Chama o papa pra apitar. E a rotwailler dos Clintons, a Madeleine Albright, pra dar o pontapé, ops, o míssil inicial. E o Bill Pinton apareceu o dia inteiro na TV. Sem a engolidora de espadas! Rarará!

E eu já disse que engulo o Gagallo, mas pede pra ele tirar os óculos, que eu não gosto de nada crocante. Rarará. Nóis sofre mas nóis goza. Ainda faltam quatro dias pra gente lavar a Noruégua. Deixa que eu levo o Caneco. Seleção do TitaNike! E o Zidane que zidane e ze fini!!!!

22/06/98

IRÃ X USA! ATACANTE DE ESTAGIÁRIAS X ATACANTE DE TURBANTE

Buemba! Buemba! Macaco Simão Urgente! Direto da Cópula do Mundo! O Gagallo vai ter que rezar muito pra não cruzar com o Batistuta pela frente. Já apelidado de Batigol! Trottoir-la-Derrière Urgente! Diz que a torcida brasileira tá morrendo de tédio em Osasco-la-Ferrière! Também, lá só tem uma comunidade portuguesa que dorme cedo pra acordar mais cedo pra almoçar mais cedo pra jantar mais cedo pra dormir mais cedo!

E quando passa um carro sai todo mundo na janela. E um brasileiro tentou cantar uma garçonete portuguesa: "Depois do serviço te espero naquela porta". "Não vai dar". "Por quê?". "Porque eu saio pela outra". Rarará. Isso dá tédio até em natureza-morta! Os Gagalletes já tão gastando o bicho. Por conta. Foram às compras. O único lugar onde fazem gols. Gold Card e Gold Visa.

Gol do Bebeto? Não! Gold Dinners. Rarará. E o Gagallo com aquela sacola da Vuitton. Prrriii! Carton Rouge. CARTÃO VERMELHO PRA SACOLA VUITTON DO GAGALLO! Ele vai levar presente pra Rosane Collor?

E os zaponezitos, coitados! Estão há dois meses proibidos de transar. Então jogaram mais com a mão que com o pé nessa Copa. Handball! Rarará! Ficaram viciados em handball. E perderam no péball!

E os ar-rrentinitos lavaram a Jamaica. A Seleção do Vou Apertar Mas Não Vou Acender Agora. Hoje não teve o gol do baseado! Esses jamaicanos estão sempre numa boa. É a Seleção do "No Problem, Man".

E atenção! Os Estados Unidos acabam de estacionar a Sétima frota no Golfo de Marselha. Irã x USA! Uncle Sam x Brimos Linha Dura! Deviam ter escalado o Bill Pinton! Atacante de estagiárias. Cadê a mocréia? A engolidora de espadas não veio?! Rarará!

O jogo geopolítico. Imagine as análises políticas amanhã: a influência do escanteio no turbante do aiatolá. Porque eles não foram jogar na ONU? E diz que os americanos jogam rápido porque time is money. E se tempo é dinheiro então me empresta meia hora pra eu comprar o passe do Bebeto. O Bebeto é invendável. E imprestável. Rarará! Com aquele gol que até a avó do Havelange faria!

E tem uns americanos que parecem jogadores de futebol americano. Só que as ombreras são de verdade! E o tal do Lalas é a cara do Buffallo Bill. Ele devia jogar no Rock in Rio. Roqueiro ele já é!

E domingo entramos na Sacre Coeur e tinha missa com coral de freiras. E uma fila enorme pra comungar! Aquela velha roubou. Comungou duas vezes. Ela comungou e aí voltou pro fim da fila e comungou de novo. Ou tava com muita fome ou se lembrou que deu pro vizinho há 20 anos atrás! E um torcedor me perguntou qual o hino que eu achava mais bonito. O da Coréia do Sul. Entendi tudo, a letra é maravilhosa. Rarará! Nóis sofre mas nóis goza. Avante TitaNike!!!

23/06/98

E AÍ GAGALLO, JÁ BOTOU O BACALHAU DE MOLHO?

Buemba! Buemba! Macacô Simão Urgente! Direto da Copa Mico 98! Tô zonzo! Paris Urgente! Nantes Urgente! Marselha Urgente! MINHA CAMA

URGENTE! Meu Sofá da Forma Urgente! Parece que eu tô dando a volta ao mundo sem sair do país! E hoje é que vamos ver o que sobrou de Marselha depois da passagem da TRUCIDA INGLESA, os hooligans. Marselha trucidada pela trucida! E o jornal "Le Canard EnchaŒne" já está chamando os hooligans de rosbife podre. Olha só a manchete: "Boom de exportações inglesas: depois da vaca louca, o rosbife podre!". Pior é a trucida alemã! Os skinheads! Trucidaram até um cinegrafista da Globo! E aí eu encontrei com o pessoal da Globo no aeroporto e disse: "O avião tá lotado de alemão". "Deus me livre!", eles gritaram! E se o Brasil for jogar com a Alemanha, eu vou assistir o jogo no quarto. E com a porta trancada! Não atendo nem se for o papa!

A torcida brasileira tá uma lady perto das trucidas oropéias. É que só veio fazendeiro, gritou o outro! Rarará!

E aí Gagallo, já botou o bacalhau de molho? Hoje é dia do Gagallo e Suas Baguetes! Gagallo x O Corno Vingador! E como é que é, vamos lavar a Noruégua? Vamos botar os noruéguos pra relinchar? Rarará! E até a imprensa francesa já está chamando o Gagallo de "nostalgique"! E olha essa manchete: "Casse-tête pour Zagallo". Tradução: cassetete no Zagallo. Casse-tête em francês quer dizer quebra-cabeça, mas no Brasil é cassetete no Gagallo mesmo. Rarará. E o "Liberátion" deu uma página inteira pro Magdo Galvão Bueno, só que escreveram o nome dele errado: Galva. Galva?! MEU NOME É GALVA! Meu nome é Gaaaalva! Rarará! E sabe o que é o Galvão Bueno soprando no ouvido do Romário? Transplante de cérebro! Rarará!

E diz que dois torcedores estavam conversando: "Desde que eu cheguei, ainda não fui ao Louvre". "É que você deve estar estranhando a comida." Rarará!

E o Bebeto é como a Eduarda. Todo mundo odiava, mas ela foi até o final da novela! E acabo de receber um e-mail do Brasil: "Hoje tem cerveja! Os branquelos vão dançar". Já sei, hoje aí no Brasil nem desempregado trabalha. São 150 milhões SEM-ação! E as fotos que saem na imprensa? Ronaldinho ao lado do Ronaldinho. Ronaldinho conversando com o Ronaldinho. Ronaldinho no colo do Ronaldinho. Ronaldinho fotografando o Ronaldinho. Já imaginou o peso da pasta de fotos do Ronaldinho? Tem que usar carrinho de supermercado! Rarará. Nóis sofre mas nóis goza. Avante Seleção TitaNike! Deixa que eu levo o caneco! Nem que seja aquele de louça com a foto da torre Eiffel!

E diz que a situação econômica no Brasil está assim: todo mundo puto e sem um puto. Rarará.

Avante Pentanic!

24/06/98

AAAI, QUE CHIFRADA!
CORNO VINGADOR DERRUBA GAGALLO!!

Buemba! Buemba! Macaco Simão Urgente! Urgentíssimo! Direto do Vélodrome de Marselha! Cópula do Mundo! Gagallo x O Corno Vingador! Vexame na Terra da Marselhesa! Molengas do Gagallo! Querem matar a torcida de tédio?! Ou de vergonha? Até o francês da catraca me disse: "Très mal le Brèsil!". Ô peladinha vagabunda! Vamos chamar a Playboy pra cobrir a seleção! Só dá pelada! E já tá na hora de começar a chamar o Ronaldinho de Ruim Naldinho. Rarará!

E o melhor da noite foi o aviso pelo alto-falante: "Torcedor brasileiro, ao ir ao banheiro, leve o seu ingresso". Já sei, acabou o papel? Rarará! E reparou que tirando a Fafá de Belém todo mundo desafina no Hino Nacional? E o hino dos noruéguos é hino de bêbado! E diz que o Magdo Galvão Bueno falou: "Eu quero a vitória". Querias! Rarará!

O problema da Seleção TitaNike do Gagallo não é que tem muito canhoto. Tem muito gafanhoto! E o Bebeto Chupeta devia fazer propaganda de carpete. Tá sempre caído no chão. E diz que o Roberto Carlos passou o jogo todo procurando a raiders no gramado! E a torcida noruégua? Isso não é uma torcida. É um bando de alce. Tão usando a corneta no lugar errado. Mas tá certo! O chifre é próprio do homem. O boi usa é de enxerido!

E aquele noruéguo chifrudo é corno cuscuz. Sabe, mas abafa. E aquele outro é chifrudo de corpo presente. Chifre de corpo presente é pegar a mulher na cama com outro. Flagrante de auditório!

E isso aqui não é um estádio. É uma grelha de churrasco. Que calor! Não sei como os vikings não ficaram de chifre mole! Quem inventou a Copa no verão? O marquês de Sade? Diz que nem precisa mais regar o campo depois do jogo. De tanto que os caras suam! Os vikings deviam usar chifre giratório. À guisa de ventilador!

E sabe o que é mais estranho em estádio? Ter que chamar o vendedor de Coca-Cola de monsieur. Monsieur! Monsieur! É muito fino pra estádio. Não combina!

E as noruéguas com aquele bronzeado coalhada? Tinha uma tão vermelha, que eu quase botei uma maca na boca dela.

NORUÉGUAS À PURURUCA! Rarará! De trança e chifre. A Mulher do Hagar x Mulatas do Sargentelli. De peruca de ráfia verde e amarela!

E uma amiga minha diz que os noruéguos são lindos. Lindos e com chifre.

Já vem com o chifre acoplado. Tá vendo que país adiantado? Modernésimos! E aqui tem mais jornalista que pulga em sala de espera de veterinário. É a Turma do Estresse!

E já imaginou com esse calor as famosas baguetes embaixo do braço? Já chega quentinha. E azedinha. Quem vai querer uma baguete quentinha e azedinha? Nóis sofre mas nóis goza! Vive la France! Avante Pentanic! Deixa que eu levo o caneco. Aquele de louça com a torre Eiffel pintada!

25/06/98

EMPRESTA A SELEÇÃO PRO CHILE QUE ELE PERDE!!!

Buemba! Buemba! Macaco Simão Urgente! Cópula do Mundo! Copa Mico 98! Avante Pentanic. O Day After da Chifrada! Marselha é muito boa, mas não é Paris! E um leitor me enviou uma idéia pra levarmos o caneco: "Empresta o Júnior Baiano pro Chile!" Daria pra emprestar o Dunga junto? Empresta o Bebeto. Com aquela cara de esquilo com prisão de ventre!

Aliás, empresta a seleção inteira, que só assim o Chile perde. E a gente ganha. Mas aí um torcedor aí do Brasil me disse: "Em vez do caneco, daria pra trazer um croissant?" De camembert, s'il vous plaît!

E aí desço para o bar do hotel. O barman pôs dois dedos na testa e ficou fazendo chifrinho pra curtir com a minha cara. Mas ganhei um cafezinho de graça. Pela derrota! Rarará. E ele ainda me disse: "Vai ganhar outro nas quartas-de-final". Socorro!

E vocês não vão adivinhar o que eu vi. O ônibus da seleção saindo do estádio. O Ricardo Teixeira abraçado a uma pasta, o Gagallo de cabeça dura baixa e os jogadores roendo as unhas. Vinte e dois roedores de unha!

E a seleção não tá de salto alto. Já tá com uma torre Eiffel em cada pé! E jogador brasileiro agora virou juke box: só funciona botando moedinha. E só gosta de duas coisas: grana e paquita! Bota uma paquita pelada na rede pra ver se eles não entram com bola e tudo! Rarará!

E jogador brasileiro agora é assim: "Meu nome é Ronaldo, 21 anos, celular, carro importado e como toda mulherada!"

E acaba de sair uma enquete na UOL da Internet: "O que o norueguês Bjõrnebye queria quando agarrou o Leonardo?" Eu sei, um passaporte pro carnaval do Brasil. Não, 51% acha que o noruéguo foi pras bolas. E 31% acha que aquilo foi um convite de casamento no campo. E só 1% acha que ele queria sair do armário!

E a torcida aqui na França só quer duas coisas: afogar o ganso e esganar o Gagallo. E o leitor Celso Pereira me perguntou: "Sabe o que o Corno Vingador falou pro Gagallo depois do jogo?" Contra teimosia tome comprimidos Olsen! E a Noruégua jogou o que sempre jogou: nada. E ainda ganhou. Levamos uma chifrada e de lambuja ferramos com os marroquinos.

O time perdeu do Japão, na Olimpíada, e o Gagallo disse: "A derrota veio na hora certa, porque assim o time aprende!"

O time empatou com a Jamaica, na Copa Ouro, e ele disse: "Foi bom, assim o time aprende".

O time perdeu da Argentina, no Maracanã, e o Gagallo disse: "Foi bom perdermos agora, assim o time aprende". O time levou uma chifrada da Noruégua, e o Gagallo disse: "Perdemos quando podíamos, agora o time aprende".

Realmente, com ele o time aprende. A PERDER! Nóis sofre mas nóis goza. Avante Pentanic. O day after da chifrada!

26/06/98

GAGALLO NÃO TEM ATAQUE CARDÍACO! TEM DEFESA CARDÍACA!

Buemba! Buemba! Macacô Simão Urgente! Direto da Cópula do Mundo! Seleção TitaNike! Diz que a Seleção dos Molengas tá assim: o Ruinvaldo, contratado da Mizuno, não passa a bola pro Ruim Naldinho, porque é da Nike, que não passa a bola pro Dunga, porque é da Reebok. Que ninguém passa a bola pro Roberto Carlos, da Raiders, porque é chinelo. Só porque é chinelo! Ou você acha que chuteira vai passar a bola pra chinelo? E, raiders por raiders, por que não escala logo a Carolina Ferraz?!

E diz que a seleção precisa ser mais ofensiva. É verdade: o Dunga não ofendeu ninguém no último jogo. Rarará! E diz que amanhã o Gagallo não vai ter um ataque cardíaco. Vai ter uma defesa cardíaca!

E quem se deu mal nessa Copa foi aquele amigo meu que se mudou pra França e não aguenta mais a Daniela Mercury. "Vim pra França só pra escapar dela e essa peste fica me perseguindo. Acho que vou voltar pro Brasil, pra assistir a Copa em Salvador." E vamos raciocinar, como diz o Galvão Magdo Bueno: primeiro perdemos pra Noruégua por 4 a 2, agora perdemos por 2 a 1, na próxima a gente ganha de 0 a 0. É matemático!

E aquele casamento ridículo em campo, da brasileira com o norueguês? O único que não usava chapéu de chifre. Mas devia, pra ir já adiantando o expediente. Rarará. E um torcedor me disse que vai propor fazer a lua-de-mel dele no gramado. Antes do jogo! Apoio: Viagra e revista Sexy!

Attention! Começou Holanda x México! País Baixo x País do Chaves! E sabe como se chama o atacante holandês? Cocu! O quê? E depois eu que sou escrachado? Primeiro, que Cocu não ataca, Cocu se defende!

Começou a Pornô Copa: Cocu no chão. Cocu em pé. Cocu machucado! Cocu ardendo. E aí o comentarista daqui gritou: "Cocu derrière"! Ah, não, monsieur, cocu derrière é um pleonasmo. Franco-brasileiro, mas é!

E diz que o consumo de drogas na Holanda é tão liberado que a camiseta mais vendida pros turistas é: "Visitei Amsterdã e me lembro vagamente". Holanda viu o jogo e se lembra vagamente! Vocês empataram. Sabia que vocês empataram? Heeeinnn?!

E diz que no México só tem duas coisas boas: o Chaves e a fronteira com os Estados Unidos! Então vamos propor uma troca: eles ficam com o FHC, a gente com a fronteira americana! E gol mesmo é aquele que aquele furacão mexicano tipo Thalia fez aos 49 minutos. Um Thalio!

E os galvões buenôs daqui são hilários: "Attention! Ulalá! Cornér!" BUT! But é gol! Eles fazem biquinho e gritam BUT!

E diz que o Gagallo é um otimista. Se ele acorda e encontra um esterco na porta, ele fica feliz achando que ganhou um cavalo. Rarará. Nóis sofre mas nóis goza. Avante Pentanic! Toutes les directions!

27/06/98

BUEMBA! HOJE O GAGALLO VAI TER UM CHILIQUE!

Buemba! Buemba! Macaco Simão Urgente! Direto da Cópula do Mundo da Seleção TitaNike de Trottoir-la-Derrière! É hoje, macacada! Vamos torcer pra gente ter que engolir o Gagallo de novo. Se bem que ele tá bem mais gordinho depois que engoliu o técnico norueguês. E diz que a seleção é um Boeing dirigido por um ciclista. Rarará. Que vengam los andinos!

Cuidado! Agente inimigo infiltrado. Adivinha quem tá no hotel? A TV Chilena. Ótimo, se der pênalti duvidoso, a gente resolve aqui no hotel mesmo. E últimas notícias: a gerência acaba de passar por baixo da porta a conta do frigobar. Acho que eles têm medo que o Brasil perca. E a gente fuja de madrugada. Espero que o gerente não seja o Nostradamus!

E adorei a frase do Mõeller, da seleção alemã: "O problema é que sou muito autocrítico até comigo mesmo". Efeito Lula. Rarará. Ganhou a frase da semana da revista "Focus"! Osasco-la-Ferrière Urgente!

Treino secreto é dentro do quarto, um chutando o outro. Tamanha união! E já tão chamando a seleção de Guerra das Estrelas. Apesar do Pacto do Penta. O Pato do Penta a gente já sabe quem é! Rarará! E o Pacto do Penta é assim: o Nike não passa a bola pro Reebok, que não passa a bola pro Mizuno, que vai prender a bola pro Rider! Fidelidade ao patrocinador! Por isso o FHC criou o Proer. A única infiel é a Ofélia. Que é patrocinada pelo Perfex, mas limpa a mão na saia!

Últimas Notícias! Seleção treina pênaltis. Com o Zico? Rarará! Então tão botando a maior fé no Júnior Baiano!

E eu sei como a gente pode ganhar do Chile. Primeiro, é só emprestar a seleção pro Chile, que eles perdem, e a gente ganha. Ou então bota aquela faixa em Ozoir: changement de direction. Sob Nova Direção. Rarará!

Hoje! Brasil x Chile. Ou Chilí, como falam aqui. Chilí. Chilí. Hoje o Gagallo vai ter um Chilique! Com a seleção dos delegados: só prendem a bola. E porque não botam o Zico. É só não deixar ele bater pênalti! Rarará!

Hoje! Brasil x A Mulher do Serra. Que é chilena. Aliás, não foi lá no Chile que os tucanos se auto-exilaram com visto de turista? E se o Brasil perder é culpa do Lula? Já imagino a manchete: "Efeito Lula derruba o Penta". E eu já sei que a Globo não sai de lá de dentro do Planalto e que o Don Doca Fernando Henrique ficou bonzinho de repente. O Fofo virou uma seda!

E o Pelé é o cara mais pé-frio do planeta. Na Copa de 94, ele disse que a favorita era a Colômbia. Nesta Copa, ele disse que a favorita era a Espanha. Ambas foram desclassificadas na primeira fase. Espero que hoje ele torça pro Chile. Rarará! Nóis sofre mas nóis goza! Em francês. Com biquinho é mais gostoso! Avante Pentanic! Deixa que eu levo o caneco! Que vengam los andinos. Los cucarachos. Os bofes da Madonna!

28/06/98

BUEMBA! HOJE VOU TOMAR UM PORRE DE VINHO CHILENO!

Buemba! Buemba! Macacô Simão Urgente! Direto da Cópula do Mundo da Seleção Titanike de Trottoir-la-Derrière! Hoje é dia da coluna do retardado. A bola ainda tá rolando. E eu já transmiti a coluna. Retardado é o fuso horário. E a próxima Copa que vai ser no Zapão? Ali que vai ser o confuso horário!

Mas vamos ter duas grandes compensações: o Dunga não estará mais na próxima Copa. E o Gagallo vai estar em casa assistindo a novela das sete. Porque na das oito, ele já tá dormindo! Rarará! E ganhando ou perdendo eu só engulo o Gagallo com Sazón. É o aamooor! Rarará! E será que passamos pela dupla Salas-Zamorano? A dupla Sa-Zas! O primeiro faz Sa, o segundo faz Zas e tchan, tchan, tchan! Pelo sim e pelo não! Pela vitória ou pela derrota. Paris que me perdoe, mas hoje eu vou tomar um porre de vinho chileno! Um insulto à dona da casa, a França. Terra dos Socialistas Fumantes. Aqui ainda tem e muito esse tipo em extinção: socialista fumante. Invicta é a Ar-rrentina! Não levou um gol! Na Ar-rrentina, não hay Frangarel. Só Carlos Gardel. Aliás, anteontem fomos jantar numa cantina italiana. Xiii, paulista jantando em cantina italiana? Já tá tudo com saudades de casa? Da Mamma?! E a seleção aqui já está sendo chamada de Lavanderia Nacional. De tanto que já lavaram roupa suja!

E ainda bem que eu assisto jogo aqui. Tô livre da dupla ROMAGDO. Romário e Magdo Galvão Bueno! E o Romário direto dos estúdios. E não da praia! Milagre! E quantas vezes o Romário disse "tá xerto, parxeiro?". Quem acertar, ganha o passe do Bebeto Chupeta. O esquilo com prisão de ventre. E se o Romário continuar com língua presa, ainda vai virar sindicalista!

E ainda bem que aqui eu não tenho que assistir jogo ligando pro carrão do Faustão ou pra ximbica importada da Hebe. Aliás, acho que eu vou passar um interubando pra ver se eu ganho a ximbica da Hebe! E ontem eu passei pela Sorbonne. E dei uma cuspida em homenagem ao Don Doca Fernando Henrique, o Bonzinho! Ele não é pós-graduado em abobrinhas pela Sorbonne? Sorbonne: a culpada de tudo! Rarará

E a panarada verde-amarela? Se tivermos vencidos, desfraldamo-la. Se tivermos perdido, vai virar tudo pano de chão!

E aí um leitor me disse: "Simão, dá uma pichada no Arco do Triunfo pro pessoal saber que você é brasileiro". Já cumpri minha missão: dei uma mijada na torre Eiffel, uma pichada no Arco do Triunfo, uma cuspida na Sorbonne.

Depois enrolo a bandeira e dou um calote no frigobar. Rarará. Nóis sofre mas nóis goza. Em francês. Com biquinho é mais gostoso! O que importa é o biquinho! Aliás, quando eu voltar pro Brasil, eu vou ter que fazer fisioterapia bucal. Pra consertar o excesso de biquinhos! Rarará!

29/06/98

RUMO A NANTES!
HOTELEIROS AGRADECEM A CÉSAR SAMPAIO!

Buemba! Buemba! Macaco Simão Urgente Urgentíssimo! Batucada na Champs Elysèes! Chupamos os chilenos! Agora é rumo a Nantes! Aliás, os hoteleiros de Nantes superagradecem ao César Sampaio. Pelos gols da vitória. E assim voltarmos a Nantes! Diz que vão estender uma faixa na entrada da cidade: Vendedores de hot dog agradecem a César Sampaio!

Brasil x Chile. Mais uma peladinha. A Copa Playboy! A COPA DAS PELADAS! E Nantes é um mico. Só tem duas coisas pra ver: um castelo que pegou fogo e uma igreja queimada.

E sabe por que o Chile perdeu? Porque eles têm um jogador chamado José Sierra. O quê? O Zé Serra? Por isso que perdeu. Um time que tem o José Serra só pode perder. Rarará! E sabe o que o Serra disse pra mulher que tomou anticoncepcional de farinha? Seu filho vai ser um pão! Rarará! É mole? É mole, mas sobe!

E vaiar o Gagallo e o Bebeto Chupeta já virou a diversão da torcida. A torcida vaia e depois dá risada. Não tem mais volta. Só se o Bebeto marcar o gol da vitória aos 49min do segundo tempo. E ainda leva vaia.

Aliás, diz que o Bebeto é o número 1 do Gagallo. Ele sai, e o time fica completo. Até a Suzana Werner aparece mais que o Bebeto! Aliás, essa Suzana Werner tá parecendo uma Paquita Paraguaia. A Paquita Paraguaja!

E eu fui comer um hot dog no intervalo e cheguei atrasado pro segundo tempo. E o Bebeto já tava perdendo uma bola. Parece desenho animado. A bola passa, vuuuum. E ele fica olhando. Não liga o nome à pessoa, como se diz!

E outdoor nos estádios: Santiago é do Chile e Deus é brasileiro! Aliás, Deus ainda é brasileiro? Depois de um mês longe do Brasil a gente não sabe mais se Deus é brasileiro! Só sabe que o Gagallo é rabudo. Isso a gente sabe!!!

E graças a Deus que o Frangarel jantou antes do jogo. A pergunta era essa: "O Frangarel já jantou? O Frangarel já jantou?" JÁ! Eu acho que o Frangarel tá tomando enjôo de frango!

E o Ronaldinho desencantou. Mas ele e a trave ainda têm uma coisa chamada atração mútua. E é mais difícil acertar na trave do que na rede! E coitados dos cucarachos. O pessoal da TV chilena já está amontoando equipamento na calçada. Rumo a Santiago. O Caminho de Santiago!

E a dupla Salas-Zamorano? A dupla Sa-Za não funcionou. O primeiro fez Sa, o segundo fez Za e o César Sampaio fez tchan tchan, tchan! Rarará! Acordei fazendo curva quadrada. Porre de vinho chileno em Paris não dá certo. Vou voltar com excesso de bagagem: fígado inchado.

E adivinha o que eu vi ontem? Um garçom do La Coupole que faz biquinho com língua presa! Isso que é craque! Fazer gol é facil. Eu quero ver é nego fazer biquinho com língua presa. Rarará! Nóis sofre mas nóis goza! Avante Pentanic. Rumo a Nantes!

30/06/98

SOCOOOORRO! LÁ VEM CHIFRE DE NOVO!

Buemba! Buemba! Macaco Simão Urgente Urgentíssimo! Direto da Cópula do Mundo! A Copa da Playboy. Só dá peladinha! E adorei a letra do hino da Nigéria. Entendi tudo. Rarará! E atenção, macacada. Lá vem chifre de novo!

Essa Dinamarca também usa chifre? Usa! Vikings! A Copa do Chifre! E essa é a razão pela qual eu tenho medo de chifrudo: infeliz no amor, feliz no jogo! Rarará! Lá vem chifre. Tá parecendo a Festa do Peão em Barretos!

E o Ronaldinho e o Zamorano aos beijos e abraços em campo? Já sei, o Ronaldinho tá zamorando firme. Rarará! E diz que a situação aí no Brasil tá tão periquitante que já tem camelô vendendo raspadinha de Viagra. Por R$ 5. Garantia de meia hora!

Vive la France! A Turma do Sovaco derrubou o Paraguai. Justo o Paraguai? O maior produtor mundial de Nike, Reebok, Rolex, Lacoste e uísque escocês! E com aquele goleirão apelidado aqui de El Macho. Que morreu na morte súbita! El Macho virou A Morta Súbita! E morte súbita é comer hot dog no estádio!

E eu já disse como é o ataque francês. É na base do sovaco. Levantam os braços e vão derrubando o adversário. A CECÊLEÇÃO FRANCESA! E a Nigéria dançou. A Nigéria dançar é um pleonasmo. A Nigéria só dança! E agora pegamos os dinamarcos. Mudamos de chocolate: de Diamante Negro pra Galak! Os Galas Galaks.

Pois como disse uma amiga minha: que venham os bonitões! Os Galaks! Todos com cara de Falabella. Onze Caco Antibes! Parecem umas girafas de gola rolê! Em vez dos afros, os albinos! Ontem, eles já estavam na Champs Elysèes pintados de vermelho e branco e peruca de chifre!

E adivinha o que eu ouvi ontem na TV. O comentarista disse: "Agora vamos ouvir o gol da França, pela transmissão brasileira". GOOOOOOOL! Era o Galva. Eu ouvi a voz do Magdo. Finalmente! E se esguelando. Colubiasol nele. Daqui eu ouvi que ele tá com amígdalas inflamadas!

E vamos derrubar a Dinamarca? Derrubar ou não derrubar, eis a questão! Mas o que me enche de esperança é a mulher que arruma o quarto, uma negra da Martinica, uma chiquita bacana, que me disse: "Les bresiliens sont toujours lá". E fez um sinal de positivo com o dedão. O dedão da nega vai dar sorte!

E tem um tipo de torcedor brasileiro que acha que o rio Sena é uma homenagem ao Ayrton. "Que homenagem linda do povo francês ao batizar o rio que passa em Paris com o nome do nosso grande corredor brasileiro."

E tem um outro que acha que o Wanderley Luxemburgo é milionário só porque ele tem um castelo com jardim aqui em Paris. Rarará! Nóis sofre mas nóis goza. E com biquinho. Com biquinho é mais gostoso! Avante Pentanic! Deixa que eu levo o caneco! E zé fini!!!

01/07/98

BUEMBA!
RONALDINHO VAI TRANSAR E BATE NA TRAVE!

Buemba! Buemba! Macaco Simão Urgente! Direto da Cópula do Mundo da Seleção TitaNike de Trottoir-la-Derrière! Sabe por que o Gagallo não tira o Bebeto? Pra não ser vaiado sozinho! Rarará! E um leitor aí da terrinha quer saber como se faz pra assistir jogo do Brasil DENTRO do campo. Pergunta pro Bebeto Chupeta! Só ele sabe como assistir jogo dentro do campo! Rarará!

E os hotéis daqui da França são tão ruins que tem torcedor chamando quarto de cela. "Agora vou pra minha cela." Pra tomar banho de chuveirinho, que só lava do umbigo pra baixo. Do umbigo pra cima, só voltando pro Brasil!

Últimas Notícias! Diz que o carro do Gagallo foi atacado. Justo ele que detesta ataque? Aliás, diz que o Gagallo vai abandonar o futebol. Vai pra Hollywood filmar "Cocoon 3, a Vingança"! E o Galvão Bueno Magdo, que agora tá com cara de mocréia que acabou de engolir um molusco?! E as comemorações de gols na Cópula do Mundo? Dez marmanjos empilhados, abraçados, agarrados, um em cima do outro. Já virou suruba! E uma leitora auto-intitulada Ronaldinha 4 me passou um e-mail: gostosa "afins" de gastar todo dinheiro dele e apertar aquelas pernas maravilhosas, eu estou interessada. Contanto que na hora agá ele não bata na trave.

E acaba de sair na UOL pela Internet a pesquisa: "Você acha que o Ronaldinho tá gordo?" Sim, do jeito que ele fica parado lá na frente, no Carnaval, ele sai de Rei Momo, 52%. E daí, o Maradona também era e ganhou uma Copa, 37%. Sim, e essa barriguinha é uma delícia, 6%. Só 6%. Tá vendo como as minorias sempre têm razão, gritou uma amiga minha!

E as dinamarquesas são lindas. Todas assim meio Suzana Werner. As originais. Não descolam nem soltam as tiras. E como se come em Paris, mon dieu! Eu já vou voltar pra casa avisando a empregada: "Menos de três pratos é ofensa!" Comida deliciosa, porém estrambólica. Entrada: molho. Prato: molho do molho com molho. Sobremesa: molho ao molho! E aí chega no hotel e toma uma Coca com sal de frutas!

AFRICANOS RADICADOS EM PARIS TAMBÉM GRITAM FORA BEBETO! Essa é pro Bebetô Chupetá parar de falar que a vaia é paulista. Até o africaninho que veio trocar a lâmpada disse: "Pourquoi ne change pas Bebetô?". Por que não tiram o Bebeto? Daqui a pouco, até na Polinésia vão estar gritando Fora Bebeto!

E sabe o que o Edmundo disse pro zagueiro com os dois olhos roxos? Você quer que eu te explique pela terceira vez ou já entendeu? E diz que um velhinho aí no Brasil antes de tomar Viagra toma Memoriol. Não consegue lembrar o que fazer com o pingolim em pé! Rarará! Nóis sofre mas nóis goza! Em francês. Com biquinho é mais gostoso! Avante Pentanic.

02/07/98

EFEITO BOLSA!
BEBETO ERRA EM PARIS E É VAIADO NA TAILÂNDIA!

Buemba! Buemba! Macacô Simão Urgente! Direto da Cópula do Mundo! Dois dias sem jogo. Minha orelha agradece. Meu escutador de hino tá de folga. E diz que Inglaterra x Argentina foi o jogo dos Ingleses de Verdade contra os Ingleses da América do Sul!

E aquele jogador, Beckham, que foi expulso? É namorado da Victoria das Spice Girls. Então agora tem que arrumar uma namorada chamada Derrota! E como é que esses cachorros cheiram mala e deixam a Daniela Mercury passar? Rarará. E sabe por que o Gagallo só toma meia Viagra? Porque já tem a cabeça dura!

E sabe por que o Gagallo usa aquele agasalho? Pra esconder o fraldão e a sonda! Rarará!

Minhas duas diversões da Copa: Gagallô e Bebetô Chupetá! Bebeto é o efeito dominó, efeito Bolsa: erra aqui e é vaiado até na Tailândia! E o doutor Lítio Tolerdo diz que o problema do Ronaldinho não é grave. Então, é! Porque o doutor Lítio Tolerdo não enxerga nem fratura exposta! E adivinha o que aconteceu no treino? O Denílson sofreu falta grave do Júnior Baiano. O famoso JB só dá dor de cabeça. E eu sei por que francês é mal-humorado. De tanto que toma café. E sempre com o cigarrinho no bico. Aqui devia ter copa de quem fuma mais. Sempre tem alguém fumando pra te lembrar que você precisa fumar! E os franceses são supergentis. Eles nunca dizem que você tem 40 anos. Mas deux vingts. Dois 20!

E o Batistuta, o Batigol? Ofereceu seu primeiro gol contra a Inglaterra pro filho, comemorou fazendo um nana nenê igual ao Bebeto. Resultado: foi substituído imediatamente! Bebetou, caiu fora. Rarará. O Passarella não é o Gagallo. Aliás, vocês viram aquela pirâmide de bituca de cigarro que o Passarela deixou ao lado do banco? Fumou o jogo todo.

Jogo, não. A guerra das Malvinas. Inglaterra x Ar-rrentina! Até a putarquia britânica assistiu o jogo. Até o uva-passa Mick Jagger! Que jogo! Como disse a imprensa francesa "Quelle soirée!". Tradução: que suadouro! Em Portugal, o jornal "A Bola" deu a manchete "Os deuses enlouqueceram". E só em Portugal pra ter um jornal de futebol chamado "A Bola". Se fosse um jornal de carros seria "A Roda"? E se fosse de aviação se chamaria "A Hélice"?! Rarará! Básicos!

E a França adorou que a Argentina ganhou da Inglaterra. Só pros hooligans irem embora, a Trucida Inglesa! E eu já sei que o grande babado aí no Brasil são as pílulas anticoncepcionais feitas de farinha. Por isso que o Serra disse praquela mulher: seu filho vai nascer um pão! Mas uma amiga pariu uma bolacha! Os filhos da Schering. Da Schering Stone! Nóis sofre mas nóis goza. Avante Pentanic. E zé fini! Dei outra mijada na torre Eiffel pro pessoal saber que eu sou brasileiro. Vou oxidar a torre Eiffel! Eu não vim pra explicar. Vim pra esculhambar!

03/07/98

AVANTE PENTANIC!
DERRUBA OS VIKINGS DO CHIFRE MOLE!

Buemba! Buemba! Macacô Simão Urgente! Direto da Terra do Biquinho! Cópula do Mundo! Seleção TitaNike! É hoje, macacada! Vamos deixar esses vikings de chifre mole! Tô com medo. Chifrudo não é confiável. E eu nunca vi tanto viking. A Copa do Chifre! O chifre é próprio do homem. O boi usa de enxerido.

E essa deu num documentário sobre a Dinamarca: "Um país estranho, em que as mulheres se parecem com a Daryl Hannah, e os homens se parecem... com a Daryl Hannah". Mas eu já acho que eles parecem um cruzamento do Hermeto Paschoal com o Sivuca! E a Dinamarca pode perder feio, mas vai torcer bonito: as dinamarquesas são lindas!

E eu já sei como vai ser aí no Brasil hoje. Nem desempregado vai trabalhar. É o dia dos 150 milhões SEM-ação. E o Brasil vai ter que ganhar, porque só tá pegando time merreca pela frente. A Seleção Rabuda!

VIAGRA NEWS! Diz que um cara aí no Brasil tomou Viagra e ficou de boca aberta e maxilar duro. Boquiaberto ele ficou quando viu o próprio pingolim subindo! E maxilar duro?! Bateu no lugar errado. Ou então excesso de sexo oral. E tem um outro que teve uma ereção de 12 horas. E as vizinhas ficaram sabendo disso? Rarará!

Últimas Notícias: Gagallo confirma lesão no joelho direito do Ronaldinho. Mas não era no esquerdo? Agora é no direito também? O Ronaldinho vai jogar plantando bananeira?!

E o Bebeto fez um gol no treino. O quê? O Bebeto fazendo um gol no treino, eu já considero ofensa pessoal. E eu vou lançar a enquete: "Você acha que o Bebeto devia começar jogando ou começar a jogar?" Rarará.

E o Denílson continua com sua posição oficial: reserva titular pro segundo tempo. Aí ele entra, o Bebeto vai pro banco, e o pessoal diz: "Senta aí, Bebeto"! "Obrigado, eu tava sentado até agora. Vou ficar um pouquinho em pé."

Buemba! Divisão Antiterror Urgente! A verdadeira bomba foi o show da Globo com o Raí. Foi mais vaiado que o Gagallo e o Bebeto juntos. Quando o público pagante percebeu que tinha virado figuração! Duvido que a Globo passe as vaias. Editaram a vaia. Vão ter que arrumar uns dez mil aí no Brasil pra bater palma!

As pessoas pagaram pra virar figuração! Um brasileiro radicado em Paris me disse indignado: "O Raí é tão prezado na França pra dar um golpe desse?" E eu já disse que os cachorros cheiram mala, mas deixaram a Daniela Mercury passar!

E tem traíra no pedaço. Já recebi uns dez e-mails de torcedoras brasileiras loucas pelo goleiro da Dinamarca. Que já vem com o chifre acoplado! E uma outra disse que quer levar o goleiro dinamarco pra passar um weekend na fazenda dela! O Frangarel, elas não gostam muito. Acham meio pão com ovo. Rarará. Nóis sofre mas nóis goza! Avante Pentanic!

04/07/98

AVANTE PENTANIC! O RIVALDO É FEIO, MAS GANHAMOS BONITO!

Buemba! Buemba! Macacô Simão Urgente! Agora rumo a Marselha! Faz a malinha! Hoje Nantes não dorme! A última vez que eles escutaram uma corneta foi pra comemorar o fim da Segunda Guerra. Suamos, mas ganhamos. Apesar do Gagallo. Chupamos os Galaks! As 11 Xuxas. E o Bebeto não marcou gol. A trave que empurrou a bola pra dentro! E sabe o que o Ronaldinho precisa pra melhorar? Meias Kendall e uma boa crioula. Pois como diz a tese da Elza Soares: "Essa seleção precisa de uma crioula". Excesso de paquita faz mal! E sabe o que é Ziagralo? Mistura de Viagra com Gagallo!

Ganhamos! Ganhamos bonito! O Rivaldo é feio, mas ganhamos bonito! Rarará! E será que agora vamos ter que jogar com aqueles italianos que falam espanhol e pensam que são ingleses? Todos se chamam Batistuta, Caniggia e Simeone, mas jogam no River Plate, Vélez Sarsfield e Racing!

E adorei aquela parte do hino dinamarquês: Gigantes de armadura! Gigantes de armadura são os italianos. PERIQUITAS CHORAM A DERROTA DOS RAVIÓLIS! Cecêleção francesa ganha dos Lasanhudos. E como uma torcedora me disse: "Os italianos não deviam ir pra casa. Deviam ir pra MINHA casa". Gulosa! Devoradora de canelones!

E aqueles irmãos dinamarcos que parecem atração de circo: Os Irmãos Laudrup. E dois Laudrup já é um quadrúpede. Os Irmãos Quadrúpedes! E o Rivaldo não é feio. É fraco de feição. E a seleção continua sendo a Seleção Rabuda. Mas ganhamos. Com duas ajudinhas: o goleiro albino e a trave. A trave é brasileira!

E a torcida feminina era assim: loiras do chifre furado versus paquitas oxigenadas! E Paris estava lotada de italianos. Todos tipo Silvester Stallone. Todos com a mão no saco. Coisas de latino! É impressionante! Impressionante é como os franceses perdem gol. Se Proust estivesse cobrindo a Copa, teria escrito "A la recherce du but perdue". À procura do gol perdido. E o Zidane que zidane e ze fini!

E pro Magdo Galvão Bueno é assim: quando é do Brasil, é gol. Quando é da Dinamarca, é susto. O Brasil levou um susto! E uma leitora me disse que está indignada, porque o Magdo não deixa o Romário, ops, o Romagdo terminar o raciocínio. Que raxioxínio?! Rarará! E como me disse aquele carioca: "Vocês paulistas que me desculpem, mas aquele reserva titular do segundo tempo chamado Denílson não fez nada!"

E o Pelé aparece na TV aqui falando francês, inglês e espanhol. Até que um comentarista disse que o Pelé parece o papa, se expressa em várias línguas. Fala bobagem em várias línguas? Então, parece o papa mesmo. Nóis sofre mas nóis goza. Aliás, sabe o que velhinho falou pra velhinha depois que tomou Viagra? Nóis sofre mas nóis goza! Rarará. E com biquinho. Com biquinho é mais gostoso! Avante Pentanic!

05/07/98

PENTA JÁ! AGORA EU QUERO DESFILAR EM CARRO DE BOMBEIRO!

Buemba! Buemba! Macacô Simão Urgente! Toca a corneta! Direto da Cópula do Mundo! Da Seleção Nhenhenhém! Seleção TitaNike volta a Trottoir-la-Derrière! E se fizerem antidoping no Gagallo, vai dar Prozac com

Lexotan. E o Gagallo disse: "Nós não ganhamos nada ainda". Ganhamos, sim! Mais uma semana na França, longe do Don Doca, ACM, Maluf, Pitta e Covas! E o sovaco dos franceses é mais cheiroso que a marginal Tietê!

Geração Farinha Urgente! Eu sei que o grande babado aí é anticoncepcional de farinha. Os Filhos da Schering Stone. Tem uma amiga que pariu uma bolacha. E tem um outro cuja mulher tomou um anticoncepcional de farinha e ele acordou com o pingolim à milanesa. E já até tão fazendo bolo com a pílula: essa torta leva 50 anticoncepcionais. Uau! Vocês não querem que eu volte!

E fala pro Roberto Carlos que chinelo não combina com bicicleta. Acidente na certa. E quer moleza? Vai ser marcador do Bebeto. Eu já disse que o Bebeto não marcou gol. A trave é que empurrou a bola pra dentro!

O BURACO NÃO É MAIS EM BAGGIO! Esse nome Baggio tá em baixa na Itália. Copa 94, quem erra o pênalti desclassificando os raviólis? Baggio! Copa 98, quem erra os pênaltis desclassificando os canelones? Di Biagio! Na última Copa, eles bateram o pênalti pra fora. Nesta Copa, eles bateram o pênalti na trave. Na próxima, eles acertam. É só chamar o Zico! Rarará! Ou, então, aquela minha amiga brasileira: a desempregada do pé inchado!

E depois que a França ganhou, passamos pra quinta página dos jornais. Mas olha uma das manchetes do "France Soir": "Rivaldo sauve le Brésil". Rivaldo salva o Brasil. Então, vamos reeleger o Rivaldo. Bota o óme no lugar do FWC, ops, FHC! E o Rivaldo não parece um porta-baguete?

Buzinaço em Paris! Esporro em Montparnasse! Os franceses fingem que não ligam pra Coupe du Monde, mas quando ganham fazem o maior esporro. Buzinaço de biquinho. Francês é tão fino que faz buzinaço com Peugeot! E as francesas de braço em cima? Com aquela abundância de fragrâncias! Quase mataram os turistas por asfixia! As Serial Cabochard Killers!

E depois de 32 colunas sobre futebol, vou começar a fazer como o Pedro Bial: chamar bola de esfera. Haja sinônimo pra bola!

Pior uma leitora minha, que disse que tem que assistir jogo do Brasil sentada na desconfortável cadeira do trabalho, sem ter onde botar os pés e sem cerveja e tendo que aguentar aquele descontrolado do Magdo Galvão Bueno. E ainda aturar a Cissa Guimarães sorteando qualquer birosca motorizada. Eu fico com a ximbica importada da Hebe. Que tá ficando a cara da Suzana Werner. E vice-versa. Rarará. Nóis sofre mas nóis goza! Avante Pentanic! Agora eu quero o penta! Quero desfilar em carro de bombeiro!

06/07/98

BUEMBA! LEVANTA O PÉ QUE LÁ VEM TAMANCO!

Buemba! Buemba! Macacô Simão Urgente! Direto da Terra dos Brochettes! É verdade! Tava passando hoje na rua quando vi a placa: "Hoje! Festival de brochettes". Imagino a animação. Deve ter sido mais animado do que o treino do Gagallo. E a seleção é tão sortuda que já tem um holandês que sofreu uma fratura antes de o Júnior Baiano entrar em campo. E sabe o que é o cruzamento de um porteiro com um argentino? Um zelador que pensa que é dono do prédio!

E a Holanda? Eu sei que lá na Holanda tem a Copa da Maconha. É verdade. E uma das regras é que os participantes não podem queimar fumo antes do torneio. Claro, senão ninguém ia. Ninguém saía do hotel!

E eu já disse que lá na Holanda a droga é tão liberada que a camiseta mais vendida pros turistas é: "Visitei Amsterdã e me lembro vagamente". E eu estou há tanto tempo fora que eu me lembro vagamente que existe Brasil. Deus ainda é brasileiro? O Silvio Santos ainda combina a cor do cinto com a cor do cabelo? A Globo e o FHC ainda entopem o povo de publicidade enganosa?! Eu já tô ficando com cara de quem tomou Bordeaux na mamadeira!

E brasileiro torce duas vezes: uma pelo Brasil e outra contra a Ar-rrentina. E eu já sei que aí soltaram até rojão quando o Ortega foi expulso. Aliás, diz que o Ortega foi expulso por pretensão: dar cabeçada é exclusividade do Dunga. Do Dungá! E eu botando a maior fé no Batistuta, no Batigol! Mas também ele pensa que é modelo do Armani. Passou metade do jogo arrumando a gola da camiseta! E como me disse um leitor: o Batigol pegou o primeiro bat-avião pra Buenos Aires. É mesmo, lá se foram os italianos que falam espanhol e pensam que são ingleses.

E como me disse aquele outro torcedor brasileiro: "Quem mandou os argentinos serem tão mascarados, massagista de terno e gravata é muita frescura". Eu prefiro frescura que aquele look de fugitivo de asilo do Gagallo. Volta a campanha "Vamos Fazer uma Vaquinha pra Comprar um Terno pro Gagallo". E agora que venham os holandeses. De preferência aqui pra casa, gritou uma torpiranha, mistura de torcedora com piranha.

Nos livramos dos bananas e vamos pegar os laranjas, um time onde vem jogando Cocu! O que? Isso é nome de jogador? Cocu! Começou a Pornocopa? Primeiro que Cocu não ataca. Cocu se defende!

E eu sabia que se jogava com o pé e com a mão, mas com essa parte do corpo, nunca. Já imaginou o Galvão Magdo arrebentando as amígdalas: Cocu no chão. Cocu em pé. Cocu pegando fogo. Rarará. Primeiro os chifrudos e agora o Cocu. Depois da Corno Copa vem a Pornocopa? Rarará. Nóis sofre mas nóis goza! Avante Pentanic! Deixa que eu levo o Caneco! E que venham os holandeses. De preferência aqui pra casa, gritou a torcedora de corneta!

07/07/98

AVANTE TITANIKE!
BRAZUCADA JÁ TÁ COM A BOCA NA CORNETA!

Buemba! Buemba! Macacô Simão Urgente! Direto da Cópula do Mundo! Marselha pega fogo! Já tem holandês até pendurado no poste. Com aquele bronzeado coalhada. Não tem mais nem carro pra alugar. Aluga um patim. E depois empresta pro Bebeto. E aquele jogador holandês, o Cocu! Cocu em francês quer dizer chifrudo. Outro chifrudo? Cocu chifrudo! Isso é lugar de nascer chifre?!

E lá vem o trem! A Stella Barros fretou um TGV recheado de torcedores com corneta! E o apelido do TGV é A Corneta Voadora. Coitadas das vaquinhas. Quando o sobrinho do Matinas tocar aquela corneta pela janela, BOOOIIIM! O leite da vaca azeda. Nunca mais vão dar um gruyere que preste. Só vão dar gruyere azedo. E o que é um queijo senão leite estragado? O sul da França vai demorar uns dez anos pra se recuperar!

E sabe o que o Gagallo falou sobre a Holanda? "Laranja, a gente espreme e chupa." E se eles resolverem mandar a abóbora assassina? Ou uma cenoura nababesca? Rarará. E olha a manchete: "Reservas imitam a Holanda, e os titulares se dão mal". Então, bota os reservas. Elementar!

E diz que pra gente pegar o penta, temos que derrubar o FHC, a França, a Holanda e a Croácia. Rarará! E fala pro Bicicleta Voadora tomar cuidado pra não furar o pneu da Rider!

E um torcedor de Campo Grande, ops, Champ Grand, me perguntou sobre o Edmundo. Queeem? O Animal? O Edmundo tá lá com a coleira amarrada no banco, tentando morder a perna do bandeirinha! E o Brasil tem tanta confiança no Frangarel que um leitor me disse que ele mora no décimo andar de um condomínio com dez prédios e toda vez que a bola vai pro Frangarel só se ouve um grito no condomínio: UUUHHHH! Já imaginou dez prédios gritando UUUHHH!

E é hoje macacada! Que a gente pega a Yolanda, como me disse aquele outro torcedor no metrô. Ou como eles dizem aqui Selection Canarrim x Pay Bas! Hoje é o dia aí no Brasil dos 150 milhões SEM-ação. Churrasco, cerveja, emoção e depois vai tudo pro hospital Sírio-Libanês. Fazer eletro!

E reparou que antes do jogo fica todo mundo com cara de sala de espera de dentista? E tamo rodando mais que peru em véspera de Natal: Paris, Nantes, Marselha, Paris, Nantes, Marselha. Quando chegar na Islândia, me avisa, que eu desço. Daqui a pouco vai tá todo mundo dançando o cancã. E diz que o Gagallo é do tempo do vovôdeville!

E o Zé Carlos imita porco, galinha e feirante. Quero ver se ele sabe imitar o Cafu. Pra não ficar um Cafu. Dido! Rarará. Nóis sofre mas nóis goza. Deixa que eu levo o caneco! Se não der, eu levo cinzeiro de café famoso, amostra grátis de perfume ou alguma coisa que sobrou do frigobar. Rarará! Agora é vencer ou vencer. Ou vai ou Viagra. Ferro na Boneca!!!!

08/07/98

VIERAM DE SALTO ALTO E VOLTARAM TAMANCANDO!

Buemba! Buemba! Macacô Simão Urgente! Toca a corneta e marreta o bumbo! E mata o véio! O Gagallo já tá ficando com cara de morto súbito. Gagallo, o morto súbito! E justo o Cocu foi errar no pênalti? Com esse nome? Desculpe a baixaria, mas o Cocu tomou no próprio. Rarará.

E agora suspense! É a croata ou vamos ter que comer a dona da casa? Com o subaco fedorento. As serial cabochar killers! E eu só engulo o Gagallo se for à Robespierre: sem cabeça e bem passado. Rarará.

Ganhamos! A Holanda apresentou uma superioridade de gols perdidos. E a torcida brasileira, em vez de merci beaucoup, já tá dizendo merci boquete. Yolanda, ops, Ôlanda, merci boquete pelo quase caneco. Aliás, o grande problema da gente ganhar o penta é ter que ajudar o Dunga a carregar o caneco. Que ele não tem mais idade pra isso!

Ganhamos. Mas continua a Copa Playboy. Só dá peladinha. E diz que as grandes partidas da Copa foram no aeroporto Charles de Gaulle: a partida da Itália, a partida da Argentina e a partida da Alemanha! E o Frangarel não gosta de tamanco. E o Denílson, o nosso reserva titular do segundo tempo, parece passista de escola de samba. Mestre-sala do Salgueiro: só fica rodopiando e fazendo malabarismo. E o Ronaldô é soberbo! Com joelho bichado e tudo! E aviso a torcida brasileira aí na terrinha: não vá comemorar com esse anticoncepcional fajuto. Nada de farrinha com farinha. Farrinha com farinha dá bolo. Rarará!

Holanda! Vieram de salto alto e voltaram tamancando. Laranja madura, na beira da estrada, ou tá bichada ou tem marimbondo no pé. E o Rivaldo não é feio. Apenas tem um design meio desarrojado! E o cabelinho mal cortado do Leonardo? Diz que ele pagou US$ 200. Por US$ 200, eu faria coisa melhor com um estilete! E agora que ganhamos vem o pedido de milhões de telespectadores brasileiros, a campanha "VAMOS AMORDAÇAR A CISSA GUIMARÃES". Ninguém aguenta tanta jovialidade de 5 em 5 minutos. Mas continua aquela minha campanha do Galvão Bueno "AMARRA O MAGDO E SÓ SOLTA APÓS A COPA".

E eu tenho que escrever rápido. O Brasil ganha, e jornalista brasileiro que se ferra. Rápido. Rápido com o andor, senão a torcida morre de tédio! E eu acho que as Copas deviam abolir o primeiro tempo. Ir direto aos pênaltis. E a França só sonha com isso! Final: Brasil x Franga! Se ganhar, ganha do tetra. Se perder, perde do tetra! Feio não faz! A cecêleção francesa quer nos derrubar na morte súbita. Por asfixia. Rarará!

E aqui na Franga só dá paulista! Depois dessa Copa, o Brasil não é mais o país do samba, carnaval e mulata. Agora é o país do Paulista, Corneta e Batucada! Agora é vencer ou vencer. Ou vai ou Viagra! Nóis sofre mas nóis goza! Avante Pentanic!!!

09/07/98

AVANTE PENTANIC!
AGORA É TRAÇAR A DONA DA CASA!

Buemba! Buemba! Macacô Simão Urgente! Direto da Cópula do Mundo!! Vive la France. De tanto dizer bon soir, eles suaram mesmo! E deu o que todo mundo sonhava. Final Brasil x Franga! A Cecêleção Francesa! Não gosta de banho, mas vai levar lavada. Rarará. E a torcida francesa não gritava. Gritavam "É champion! É champion!". Le champion du monde! Hoje vai ter buzinaço com biquinho!

E esses croatas têm todos cara de procurados pela polícia. Os Noróticos de

Guerra! E o uniforme da Croácia parece bandeira de Fórmula 1. E a França é a única seleção que mesmo perdendo não volta pra casa! Domingo dimanche que vem não vai ser historique. Vai ser histerique!

VIVA O TAFFA! O FRANGAREL VIROU O SALVAREL! Viva São Frangarel! O goleiro que virou santo! Diz que o papa já mandou canonizar o Frangarel pra final. Ele vai aparecer de chuteira verde e um halo dourado em cima da careca! E ele realmente foi maravilhoso! Tão querendo até fazer bandeira brasileira com a cara do Taffarel. Ordem, Progresso e Frangarel! Ops, Salvarel. O Taffarel era um Frangarel que virou Salvarel.

E eu nunca chamei o Frangarel de Frangarel. Isso são fofocas da oposição. Eu nunca disse que ele era frangueiro. Eu apenas disse que ele é uma coisa, digamos assim, INSTÁVEL! Rarará! Mas uma coisa ele já provou: tamanco ele não engole. E eu sei porque agora ele é um iluminado. Engoliu uma lâmpada!

E se a gente pintar o Rivaldo de verde ele não fica a cara do Máscara? E se domingo ele não passar a bola, a gente corta as dele! E o Gagallo em fim de jogo já tá parecendo a dona Zica em apuração de escola de samba! E se o Brasil for penta, o Carnaval vai emendar com o Natal? O grande problema de a gente ser penta é ter que ajudar o Dunga a levantar o caneco. Sozinho ele pega duas hérnias. No mínimo!

E diz que aí no Brasil tá todo mundo enlouquecido. Perder a lucidez de vez em quando faz bem. Mas não precisa ficar fazendo trenzinho em restaurante!

E tem um único leitor que desafina a enlouquecida festa brasileira que me escreveu dizendo que "bandeira do Brasil não entra aqui em casa desde o AI-5". Rarará. E um outro me passou um e-mail dizendo o seguinte: "Aproveita bem aí que, quando você voltar, vamos ter que conversar sobre a seca e a falsificação de remédios". EU?! Vocês não querem que eu volte. Rarará!

E eu torci pra dona da casa! Porque, afinal, quem não torce pra dona da casa acaba lavando prato! Vamos comer francês com queijo. Agora eu quero o penta! Deixa que eu levo o caneco! Se não der pra levar o caneco, eu levo uma lata de Coca do frigobar e dois bombons de travesseiro de hotel. Nóis sofre mas nóis goza. Agora é vencer ou vencer. Ou vai ou Viagra. Ferro na Boneca!

10/07/98

BUEMBA!
VAMOS EMBALSAMAR O GAGALLO ATÉ 2002!

Buemba! Buemba! Macacô Simão Urgente! Direto da Cópula do Mundo! A pátria que me perdoe, mas eu já tô de saco cheio. Rarará. Chega de patê! Sabe o que eu vou almoçar hoje? Um sal de frutas. E sabe o que eu vou jantar amanhã? Um sonrisal. E escargot é um verme com uma concha na cabeça!

E descer a Champs Elysées é uma sensação indescritível, mas eu só quero saber de uma coisa. A marginal Tietê continua linda? Rarará. Saudades têm limite. Pois como disse uma amiga minha: se você sentir saudades até do FHC, manda chamar o médico do hotel. Rarará! É mole? É mole, mas sobe!

E os hotéis na França continuam uma porcaria. Por isso que uma brasileira me disse: "Paris é sensacional, mas a Copa podia ter sido em Las Vegas". Rarará! Sensacional essa!

E o quê? O Gagallo quer ficar até 2002? Só se for em formol. Só embalsamando! Fidel Castro em Cuba, e Gagallo na seleção! Só se inventarem um Super Viagra. Com garantia até a Copa de 2002! Viagra Mitsubishi, garantia até 2002!

E o Gagallo não é velho. Ele apenas participou de seis Cópulas do Mundo. Rarará. Que coisa, hein? E eu que já tava pensando em empalhar o Gagallo e botar em cima da lareira! Novidades da Maria Antonieta do Planalto. Finalmente o Fernando Henrique arrumou um time pra torcer: a França! E diz que os tucanos já estão vindo pra final, pra assistir o jogo num telão na Sorbonne!

E a mensagem deixada pelo Roberto Carlos no mural da seleção: "Não esqueçam a minha Caloi!" Rarará! E sabe porque o Batistuta sorria quando ouvia trovões e relâmpagos? Pensava que era Deus tirando foto dele! Rarará!

É champion! É champion! A França comemora gritando É champion! É Champion! A França quer ser o Champion du Monde! E eu acho que são todos corintianos. Passaram a noite gritando "Timón! Timón!".

E eles festejam vitória de futebol como passeata. Ficam andando de um lado pro outro, balançando a bandeirinha! Eu acho que eles querem aumento! Aliás, os franceses prometeram torcer muito. Se não estiverem em greve! Rarará! E uma leitora me disse que a Croácia parecia 11 sacos de Purina jogando bola. E se fizerem antidoping no Gagallo, só vai dar Prozac e Lexotan!

E vocês sabem como faz pra diferenciar a Suzana Werner da Hebe? Tranca as duas numa sala e manda dizer "Gracinha". Se der uma puxada na perna é a

Hebe, de tão esticada. Se perguntar se gracinha se escreve com dois esses, é a Suzana Werner. Rarará. Nóis sofre mas nóis goza. Em francês. Com biquinho é mais gostoso!

Avante Pentanic! Deixa que eu levo o caneco. E o Zidane que zidane e ze fini! Que eu já tô atrasado pro bistrô!

11/07/98

BUEMBA! O ZIDANE TEM CHULÉ DEBAIXO DO BRAÇO!

Buemba! Buemba! Macacô Simão Urgente! Direto da Cópula do Mundo! De Ozoir, ops, Trottoir, ops, Gozoir-la-Derrière. Rarará. Ainda não é hoje, macacada! É amanhã dimanche. O grande desmanche! Falta pouco. Agora tamo entre a fruta e o caroço. Tá todo mundo com cara de sala de espera de dentista!

E aí um cara me perguntou se o Zidane tem chulé. Tem sim. Chulé embaixo do braço. Rarará. E diz que o novo apelido do Taffarel Salvarel da Pátria é o Grande Sutiã. Segurou dois bolões. Rarará. E o Dunga Schwarzenegger diz que agora vai ser técnico. Claro, mais reclama que joga. E hoje eu fiz campeonato de biquinho com a loirinha da recepção. Ela tava me ensinando a falar "fruit". Frruuuit. Non, frrruuuiiit! Fruiii! Non, fruuuiii! Quando eu voltar, vou ter que fazer fisioterapia bucal de tanto fazer biquinho!

E a comunidade portuguesa de Ozoir marcou mais um tento. Perguntaram pro português do restaurante: "Quem você acha que vai ganhar amanhã?" "Quem marcar mais gols." Rarará. Básico! Os básicos de Gozoir. E um amigo meu superesnobe já tá chamando a torcida brasileira de farofeiros globalizados!

E diz que o governo FWC estipulou que a cesta básica deve ter camisinha. Cinco camisinhas pra cada trabalhador. O que é isso? Racionamento de bimbadas ou o povo vai ter que usar o lado A e o lado B? Rarará. Vocês não querem que eu volte!

E em todos os jornais a manchete "Allez le Bleus". Avante Azuis! Azuis são os franceses. Que vão jogar sem o Le Blanc. Que levou cartão vermelho, carton rouge. Entendi, o Le Blanc é um bleu que levou rouge. O cara é a própria bandeira francesa: bleu, blanc, rouge! E camiseta aqui se chama maillot. Os caras jogam de maillot. É tudo boiola. Rarará.

França na final! A pátria das idéias! E os antropólogos? Vão ficar discutindo se a bola é redonda trancados numa sala enfumaçada de Gauloise sem filtro. E francês é tão cabeça que aqui na rua tá passando uma peça chamada "O Futebol e Outras Reflexões". Com o raxioxínio do nosso parxeiro Romário? Rarará!

E o que eles gostam mesmo é de sacanagem! Em pleno buzinaço de Champs Elysées a TV corta a transmissão e aparecem duas francesas ralando coco. E nem em filme de sacanagem eles param de falar. Todo filme francês é assim: um monte de gente pelada discutindo. E se Godard fizesse um documentário sobre a Copa ia ser um monte de mulher pelada sentada em cima da bola discutindo antropologia! E camisinha em francês é capote. Transa com capote pro pingolim não espirrar. Rarará. Nóis sofre mas nóis goza. Com biquinho é mais gostoso. Avante Pentanic! Deixa que eu levo o caneco. Apesar de um leitor achar que eu vou é lavar os canecos pra pagar o frigobar e a Internet! Rarará!

12/07/98

ARREPENTA BRASIL! QUE VENHAM OS CASCÕES!

Buemba! Buemba! Macacô Simão Urgente! Direto da Cópula do Mundo! A Copa do Stress! Adieu Ozoir, Trottoir e Gozoir-la-Ferrière. Hoje só não pode vencer o desodorante da torcida francesa! E é hoje, macacada! ARREPENTA BRASIL! Vamos engolir o Gagallo. Mas pede pra ele raspar a cabeça, que eu não como cabelo branco. E manda ele tirar aqueles óculos, que eu não gosto de nada crocante!

E ontem no metrô um bêbado apontou o dedo pra mim e pro Janio e ficou gritando: "On va gaigner! On va gaigner!" "Nós vamos ganhar!" Eu ainda vou acabar apanhando de bebum francês! E se a gente ganhar o penta, eu vou dar um calote no cartão. Do tamanho da coxa do Dunga!

ARREPENTA BRASIL! Vamos fazer uma patriotada com farofa? Vamos pintar a torre Eiffel de verde e amarelo. Pendura o retrato do Gagallo no lugar da Mona Lisa. Vamos mudar o nome do rio deles pra rio Ayrton Senna e amarrar o jegue no obelisco da Concórdia. Nós ficamos com o champion e eles com o champignon. Fui picado pelo penta!

E eu já sei que aí no Brasil metade da polícia tá ocupada prendendo a outra metade. E ninguém mais me pede pra levar perfume. Agora só me pedem Aspirina, Engov, Novalgina, anticoncepcional e Voltaren. Um amigo tava tomando Voltaren falsificado e me mandou o recado: "NÃO VOLTEM SEM O MEU VOLTAREN". Rarará!

E se a gente perder? Sai à francesa! Mas em agradecimento à anfitriã, vamos passar um silvo na torre Eiffel! E o juiz é marroquino. Vai se vingar dos dois. Do Brasil pela desclassificação e da França pela colonização!

E se a disputa for pros pênaltis? O Zico já tem a receita na ponta da língua, ops, na ponta da chuteira: "Faça o que eu digo, mas não faça o que eu fiz". Rarará! E saiu uma pesquisa no Uol pela Internet: "Agora você confia no Taffarel?" 45%: claro, sempre confiei. Que bando de pinóquios! E hoje dimanche! Turma do Ca Va x Turma do Saravá! E o Zidane tem um chulé embaixo do braço. E já imaginou se tiver prorrogação? Aguentar aqueles franceses suados e sem tomar banho? Que venham os Cascões! A Cecêleção Francesa!

E o Zidane é um tipo Romarião! É berbere argelino e foi criado numa favela em Marselha. E o goleiro careca? Tô com medo do careca! Vamo deixar o careca de cabelo em pé! E o melhor goleiro do mundo ainda é a cueca: segura duas bolas e um atacante!

E hoje é dia do Gagallo ficar lá na beira do campo como a dona Zica em dia de apuração de escola de samba! O nosso Forrest Gump! Rabudo! Rarará. Nóis sofre mas nóis goza! OU VAI OU VIAGRA! Avante Pentanic! Ferro na boneca! Só espero que o jogo não seja demi bouche. Meia-boca! E a França que me perdoe, mas escargot é um verme com uma concha na cabeça!!!!

13/07/98

TETRANIC URGENTE! NÃO TOMAM BANHO, MAS DÃO LAVADA!

Buemba! Buemba! Macacô Simão Urgente! Bota o feijão no fogo, que eu tô chegando. E a marginal Tietê continua linda? E o Pentanic? Zidanamos! O Tetranic afundou! Sendo que o Gagallo não é nenhum Leonardo di Caprio! Venceu a Turma do Desodorante Vencido! Não tomam banho, mas dão lavada! Adeus, Gagallô! Que passou o jogo fazendo papel de gandula, pegando bola. Ele podia ficar como gandula na França até 2002. Gagandula! A profissão certa!

Adeus, Seleção dos Molengas! Além de molengas, ainda fomos mal-educados: não comemos a dona da casa! Agora é aguentar buzinaço de biquinho. Não aguento mais ouvir duas coisas: hino e buzina. E eles comemoram igual aos brasileiros: globalizaram a farofa.

E sabe por que o Zidane fez dois gols de cabeça? Porque a França é a pátria das idéias. Só pode fazer gol de cabeça. E o Platini tá ficando a cara do Napoleão!

Mas eu quero agradecer aos nossos heróis em ordem analfabética!

Gagallo! A Vovó Donalda! O Morto Súbito! Com duas lições: é perdendo que se aprende e só se aprende perdendo! Dr. Lítio Tolerdo! Aquele que não enxerga nem fratura exposta!

Bebeto Chupeta! O esquilo com cara de prisão de ventre. Vai se formar em Gramologia. Tava sempre com a cara na grama. Jogou no Horizontal Futebol Clube. Quando não tava caindo, tava levantando! Roberto Carlos. Que passou a Copa inteira procurando o Rider no gramado. Deviam ter convocado a Carolina Ferraz, que anuncia chinelo melhor que ele!

E o Ruim Naldinho! Precisa de duas coisas: meias Kendall e uma boa crioula. Paquita dá uruca. E o Júnior Baianô, o famoso JB, só deu dor de cabeça! E o Ruimvaldo, se pintar de verde fica a cara do Máscara! A Copa Playboy. Só deu peladinha. Copa Mico 98! Diz que as melhores partidas da Copa aconteceram no aeroporto Charles de Gaulle: a partida da Itália, a partida da Argentina e a partida da Alemanha!

Da próxima vez eu quero cobrir Copa de Xadrez. Aí em vez de ficar gritando "Penta! Penta!", a torcida fica gritando "Pensa! Pensa!" Rarará. Depois dessa Copa, não quero ver bola por 30 dias. Nem as minhas!

Adieu francesas, que abusam da fragrância. As serial cabochar killers. Que matam por asfixia! Mas antes de partir, eu ainda tenho que dar a última mijada na torre Eiffel pro pessoal saber que eu sou brasileiro. E uma cuspida na Sorbonne. Em homenagem ao FHC. O Bebeto do Planalto!

Rarará! Nóis sofre mas nóis goza. Com biquinho é mais gostoso. Vou sentir saudades do biquinho. Adorei tudo. Eu não vim pra explicar. Vim pra esculhambar. Por isso mesmo que adorei! Rarará! A terra onde todo mundo fala que é "bon soir", bom suar, mas ninguém toma banho! Só dá lavada!

28/07/98

VOLTEI! A MARGINAL DO TIETÊ CONTINUA LINDA!

Buemba! Buemba! Macaco Simão Urgente! Voltei! A Marginal do Tietê continua linda! Com aquela cor de cocô Chanel. E agora no Brasil tudo é falso! O presidente é falso, o maior jogador do mundo é falso, a guerra contra os remédios falsos é falsa e o melhor zagueiro brasileiro é paraguaio, o Gamarra! Rarará!

E diz que a vingança é comprar Microvlar falso com Mastercard clonado! Aliás, diz que até a farinha do remédio é falsificada. É fubá! E na Bahia falsificaram remédio com cominho. Sensacional. Pelo menos temperaram. O falso gostoso! Acho que a baiana não resistiu e falou: "Me passa o cominho aí". Rarará! Pior aquela que tomou anticoncepcional de farinha e o marido acordou com o pingolim à milanesa! Lula machuca o cotovelo e usa tipóia. O quê? O Lula tá com dor-de-cotovelo? Depois que viu a última pesquisa. Sabe como chama essa dor-de-cotovelo do Lula? Fernandite aguda! Rarará! Ou então ele foi dar uma cotovelada pro Brizola parar de falar! E aquele boneco que vão distribuir pelo Brasil afora, o FHzinho? Perfeito pra fazer vodu. Ficar espetando alfinete. Uma amiga minha, professora universitária, diz que faz questão de dar a primeira alfinetada. Vai ter ola de alfinetadas. De Mossoró a Carazinho, terra do Brizola! Megapicaretização das teles! TÔ ENTENDENDO TUDO! A NEC do NB do AT&T da Lucent Tecnologies e Motorola da Banda C arremata CDMA Code Division Multiple Acess da Telesul centro-oeste. TÔ ENTENDENDO TUDO! A Folha fez até um caderno pra explicar. Pra explicar que até 2007 celular não funciona dentro de túnel. E como São Paulo só tem túnel, o culpado é o Maluf. TÔ ENTENDENDO TUDO! Rarará.

E comentaristas econômicos estão gozando pelos poros. Sabe como faz pra economista gozar? Uma megaprivatização! Viagra de economista é megaprivatização! Nóis sofre mas nóis goza. COPA 98! FOMO, PERDEMO E VORTEMO!

PIADAS ÉTNICAS
Um título correto para piadas incorretas

E o judeu: “Meu Deus, meu Deus, mandei meu filho pra Israel
pra ser rabino e ele voltou padre”. E Deus:
“Foi o que aconteceu comigo também”. Rarará.

Sabe qual a diferença entre uma piranha e uma pizza?
É que a pizza só dá pra oito! Rarará!

E diz que já tão chamando as loiras oxigenadas de táxi argentino:
amarela em cima e preta embaixo!

Sabe por que os modelos têm um neurônio a mais que os cavalos?
Pra não fazer cocô enquanto desfilam. Rarará.

E sabe o que é um cruzamento de veado com zebra?
Uma bicha com código de barras!

E a Terceira Porno Guerra Mundial: Kosovo se alia ao Peru e ataca a
Tchetchênia! Tô kosovo pegando fogo!

E vou repetir aquela piada verídica que fez muito sucesso.
Diz que a polícia estourou a boate duma bicha e o delegado:
“Qual o seu nome, viado”. “Viado não, artista plástico.”

E, enquanto isso, diz que os argentinos continuam no maior consumismo.
Com su mismo salário e com su mismo coche! Rarará!

E sabe o que dá o cruzamento de um porteiro com um argentino?
Um zelador que pensa que é dono do prédio!

E sabe como faz pra diferenciar a Hebe da Adriane Galisteu?
Tranca as duas numa sala e manda falar "gracinha".
Se der uma puxada na perna, é a Hebe, de tão esticada.
Se perguntar se gracinha se escreve com dois esses, é a Galisteu. Rarará.

E diz que uma loira foi parada por um guarda na estrada: "Carteira nacional de habilitação?". "Não tenho e nem sei o que é." "IPVA?" "Não tenho e nem sei o que é." Aí o guarda furioso desabotoou a braguilha e perguntou: "E isso, você sabe o que é?". "AH NÃO! BAFÔMETRO DE NOVO?!"

Direto de la Isla de Xangô e Yemaha! Diz que o papa apontou pro Fidel e perguntou pra multidão: "Este hombre no tiene la cara de Resus Cristo?" TIENE! "E este hombre no tiene la barba e las ideas de Resus Cristo?" TIENE! "Então vamos crucificá-lo." Rarará! É mole?
É mole mas hay que endurecer, como diz o Guevara!

As bichas cubanas abriram uma boite gay, a "GAYVARA".

E como é a Fafá de Belém cantando pro Papa? Mamas and Papas.

E o motorista que for flagrado transportando a sogra fora do porta-malas deve ser multado por conduzir carga perigosa fora do compartimento apropriado!

E aí diz que dois bofes gaúchos entraram num restaurante lotado quando o maître perguntou: "Vocês estão juntos?" "Não, estamos só namorando!"

Diz que os Stones estão pedindo pro público desligar os marcapassos pra não atrapalhar o som!

E aí um cara estava se confessando: "Padre, há anos que eu comunguei". "Não pode, meu filho, tem que comungar mais." "Padre, o senhor não está entendendo, eu disse que há anos que eu como um gay."
Rarará! Nóis sofre mas nóis goza!

Pior aquela bichinha que apareceu espancada e a outra perguntou: "Foi o bofe de novo?". "Foi." "Por que você não fugiu?"
"Ah, salto alto, saia justa e areia fofa."

Pior aquelas duas bichinhas que foram acampar e uma foi pescar quando foi engolida por um jacaré. E ficou só com a cabeça pra fora. A outra gritou: "O que você está fazendo com este sleeping bag da Lacoste?".

E aí diz que o Jacob tava morrendo e perguntou pra Sara: "Você já me traiu?". "Já! Duas vezes." "Qual foi a primeira?" "Lembra do Moisés que emprestou dinheiro e não cobrava juros? Essa foi a primeira." "Tudo bem, tá perdoada. E qual a segunda?" "Lembra daqueles 380 votos que faltavam pra você ganhar a eleição na Hebraica? Essa foi a segunda." UAU!

"Tomou Viagra e Caiu Duro".

E aí aquele cara deixou um bilhete na porta:
"Drogas! Tô fora! Saí pra comprar mais!".

Reage SP! Diz que o Paulo Coelho e o Lair Ribeiro tão brigando na Bienal. Pra ver quem vende mais droga. Rarará!

E tudo que tem mulher no meio dá galho. Na cabeça! Rarará!

Sabe o que dá cruzamento de galo com coruja?
Um pinto que fica em pé a noite inteira. Rarará! E hoje só amanhã.

E sabe o que Cristo disse pro ladrão Dimas crucificado a sua direita? "Hoje estaremos no Reino dos Céus." Ou seja, perdoar ladrão não é exclusividade do Congresso Nacional.

E sabe o que Cristo disse pro crucificado da esquerda? "Chega mais perto pra sair no santinho." Rarará! O crucificado da esquerda foi o primeiro papagaio de pirata da história!

Olha um bom slogan: remédio contra impotência
faz o pingolim bater continência!

Pior é o português que passou uma pomada e fez uma festa sexual a noite inteira. Aí na manhã seguite foi ler o rótulo.
"Pomada para calos: endurece, seca e cai." Rarará!

Sabe por que a mulher só precisa contar até seis?
Porque não existe fogão de sete bocas.

E quando eu contei pruma amiga que eu tava com ciática ela me disse que eu estava com problemas de junta. Junta tudo e joga fora!

E como disse aquela bichinha:
"Natal é bom porque todo mundo come nozes".

E diz que uma menina estava vendo televisão quando menstruou e gritou: "Mamãe, mamãe, eu virei mulher". E o irmão aproveitou e gritou: "Eu também! Eu também!".

E sabe por que mulher gosta tanto de bunda de homem?
Porque é o órgão mais próximo da carteira. Rarará!

E sabe o que é preto e branco e preto e branco e preto e branco?
Uma freira rolando escada abaixo!

E um árabe faz negócio com um judeu, quem perde? O governo.

E acabaram de sair novas páginas na Internet. Essa é a página do Ronaldinho na Internet: www.nike.com.vulsão. E a do Fernando Henrique: www.com.acm. E a do Bill Pinton: www.gozei.com.charuto.

O Papai Noel é gay! Um leitor do Maranhão me mandou dizer por que ele acha que Papai Noel é gay: só sai no dia 24, puxado por veadinhos, vestido de roupinha vermelha com pompom no traseiro e botinhas Carla Perez. E ainda mora o ano inteiro com uns anões tarados e besuntados de óleo e lá fora atende pelo nome de Santa Claus.

E diz que aí perguntaram pruma piranha: "O que você pediu pro Papai Noel?". "A mesma coisa que eu peço pros outros, 50 reais!"

E diz que um cara sabe que é gay quando a sua mãe começa a chamar o seu cachorro de neto.

E diz que um cara estendeu a faixa na loja:
"Neste Natal, compre um presentão pro grande amor de sua vida, mas não esqueça da lembrancinha pra sua mulher".

E sabe por que o Papai Noel faz escala técnica em Pelotas?
Pra trocar as renas! Rarará. É mole? É mole mas sobe!

E sabe qual a diferença entre um sushi e uma periquita?
O arroz. Rarará!

Buemba! Buemba! Descobriram veado novo! Mais um?! A concorrência aumentou! Rarará! Aliás, a lista do bicho aumentou: cientistas do Fundo Mundial descobriram veado novo no Vietnã: 45 quilos e pernas longas. Coitada, só falta ser pobre e desanimada. Rarará!

O chifre é do próprio homem, o boi usa de enxerido!

E tem uma menina baiana cujo pai era fã da Ava Gardner e a mãe, fã da Gina Lollobrigida, como é o nome da menina? Ava Gina. Rarará! É verdade! Como aquele menino chamado Ênis. Aí na escola apelidaram ele de Aralho.

"Me dê uma camisinha que hoje vou dar aquela transada". E o farmacêutico, indignado com a presença de senhoras: "Cuidado com a língua!". "Então me dê duas, rarará".

E sabe o que é uma loura com meio cérebro? Uma loura superdotada. Rarará!

Diz a piada que num colégio na Inglaterra onde convivem várias classes sociais o professor pediu pras alunas escreverem uma frase com a palavra "supor". A da classe alta escreveu: "Hoje eu acordei e como o meu motorista me trouxe de Rolls Royce eu suponho que a BMW esteja quebrada". Adorei essa menina. Como sempre a classe A é gênio! Rarará! A da classe média escreveu: "Hoje eu acordei e a minha mãe tava fazendo café eu suponho que a empregada esteja doente". Tadinha. Da mãe, é claro! E a pobre: "Hoje eu acordei e a vovó passou pela sala com o jornal debaixo do braço e como ela não sabe ler eu suponho que ela tava indo fazer cocô". Rarará!

E uma dondoca vinha pela Oscar Freire carregada de pacotes quando um mendigo se aproximou: "Estou sem comer há quatro dias". E a dondoca: "Meu Deus! Adoraria ter a sua força de vontade".

E tem um amigo meu que toda noite chega bêbado nessa roda-viva de festas. Aí acorda com a mulher: "Não sei o que tá acontecendo. Deve estar acontecendo efeitos paranormais. Toda vez que vou ao banheiro surge um vento gelado e aparece uma luz forte".
"Ah, então é você que tá mijando na geladeira?" Rarará.

E diz que no Brasil mulher não serve o Exército.
Mas Golias disse que tem uma prima que mora pegado ao quartel.
E toda a noite ela serve o Exército.

Aí dois náufragos foram parar numa ilha e deram de cara com a uma tribo de 50 negões. E o chefe da tribo pro náufrago: "Bundago ou Mortago?". E o náufrago: "Bundago!". Aí veio a tribo em peso e penetrou o coitado. Aí o chefe se virou pro segundo: "Bundago ou Mortago?". E o cara, vendo o estado do amigo, respondeu rapidinho: "Mortago! Mortago!".
E o chefe: "Mas primeiro bundago".

Diz que um casal de judeus foi comemorar 50 anos de casado no Albert Einsten. E o médico: "Mas 50 anos de casado não se comemoram no hospital, se comemoram num hotel cinco estrelas".
E o judeu: "E lá se aceita Golden Cross?"

Diz que um gerente de banco ligou aos berros pro judeu: "Essa semana o senhor tá com saldo devedor". E o judeu: "E a semana passada?". "A semana passada o senhor tava com dinheiro na conta."
"E eu por acaso liguei pra encher o saco?"

E mais uma piada de judeu contada pelos próprios. Se não, não tem graça.
Sabe por que o judeu gosta de assistir filme pornô de trás pra frente?
Pra ver a puta devolvendo o dinheiro. Rarará!

E sabe como o Edir Macedo traduziu "time is money"?
Templo é dinheiro!

E diz que uma bichinha perguntou pra outra: "Você nasceu em Pelotas?". "Não eu nasci inteirinha." Rarará!

Eu adoro aquele vira dos Mamonas. Baseado naquela piada do português que entrou num suruba e saiu puto da vida: "Dei pra dez, chupei uns vinte e não comi ninguém".

E bomba! Bomba! Nordeste informa: saiu uma nova modalidade de corno — o corno artista! Chega em casa, pega a mulher com outro, vai pra janela e grita: "Que vergonha! Trepando com a mulher dos outros, hein?"

E corno cuscuz é aquele que sabe mas abafa.

Lá na Bahia tão chamando cheque de cheque-camisinha, só desenrola no pau. Rarará!

Diz que quarta-feira de cinzas se chama quarta-feira de cinzas porque o banco abre. Rarará.

E diz que tinha um caminhoneiro que só repetia: "Meu nome é Romeu, o caminhão é meu, entrou aqui se fodeu". Aí deu carona pruma freira e na hora de descer ela disse: "E meu nome é Roberval, gostei muito do seu pau e isso é uma fantasia de carnaval". Rarará!

E diz que uma bicha pisou no pé da outra e perguntou: "Doeu?". E a outra: "Não, dou eu que já estou deitada!"

Diz que uma bicha foi pro médico e o doutor mandou ele tomar uma ficha telefônica com um copo d'água. Mas como toda exagerada, ela tomou um pote de ficha telefônica. E passou o resto da vida com o fiofó dando ocupado. Rarará.

E sabe o que um escorregador falou pro outro escorregador?
Aqui os anos passam rápido. Rarará!

E acaba de sair um novo tipo de corno. Corno pai de santo, aquele que chega em casa e tira o caboclo de cima da mulher. Gostaram do caboclo?

Diz que o judeu foi visitar a família em Israel e aproveitou pra visitar o lago da Galiléia. Aí ele resolveu dar uma volta de barco e perguntou pro barqueiro o preço. "Oitenta dólares." "O quê? Tá louco, 80 dólares?" "Mas esse é o lago onde Jesus andou sobre as águas." "Também pudera, por esse preço!" Rarará!

E aí diz que o japonês entrou numa mecânica e mandou pintar no pára-choque do caminhão: "Deus me guia". Aí saiu, bateu, quase acabou com o caminhão e aí voltou pra mecânica e mandou pintar no pára-choque: "Japonês mesmo guia". Rarará!

E sabe por que a mulher casa de branco?
Pra combinar com a lava-louças! Rarará!

Em homenagem a Lourebe Camargo, Adriane Galiteta, Anameba Braga, Eliana e Carla Perez foi criado o movimento OLS.
Oxigenadas, Loiras e Simpatizantes.
E a Tiazinha é simpatizante, morena com o cérebro tingido!

PLEITO CAÍDO 98

19/08/98

A VOLTA DO PLEITO CAÍDO 1

Buemba! Buemba! Macaco Simão Urgente! Sabe o que o bimbo do Clinton falou à nação? Vocês vão ter que me engolir. Rarará. E os malas estão chegando! Começou o ultrágico político. A Volta do Pleito Caído! E eu quero ser pobre no horário do Fernando Henrique. Todos contentes e pulando. E o meu único medo do Lula ganhar é ter que dividir um beliche com um grupo de rap. E o Lula no palanque sacudindo o braço levantado do Arraes? Coitado! Não sacode tanto senão ele desmonta! Rarará!

E aí apareceu o Ciro Gomes com pinta de Clinton. E eu perguntei pruma amiga: "Você teria uma relação imprópria com o Ciro Gomes?". "Me bota como estagiária na campanha que eu respondo!" Rarará!

E avisa pro Enéas que o TSE já liberou o atestado de insanidade mental. Ele quer construir a bomba atômica. Mas se ele ganhar precisa de bomba atômica? E ele é tão revoltado que é careca e barbudão e o pai é barbeiro. É verdade! Nem precisa chamar o Freud!

E até o Emayel já tem e-mail. Bota no e-mail do Eymael. E aí disseram que o Covas trabalha em silêncio. Então por que não vai governar Minas? E tem uma candidata chamada Vida. Com cara de mosca morta! Por isso que quando eu avisei que vinha pro caderno "Eleições 1998" aquela psicanalista me alertou que tinha um paciente do Freud que, de tanto engolir sapo, acabou com as cordas vocais paralisadas!

E o bom do horário eleitoral é que você pode assistir em qualquer canal. São todos a favor do Fernando Henrique mesmo. E o horário do Rei-eleito? Do Don Doca FHC. A Escolinha do Professor Cardoso. Dando uma aula magna. Ops, Uma AULA MAGDA. Só fala abobrinha! E com um cenário Globonews. Os marqueteiros do FHC tão ganhando no mole. Plagiando a Globo. Por isso que o FHC não privatiza a Globo! Acordo de cavalheiros!

E o Lulalelé? Trocaram a bandeira vermelha por uma bandeira branca. Bandeira branca? Já tá se rendendo? Na hora da briga eles balançam bandeira branca? Já tô com saudades dos xiitas. Aqueles que estrangulam poodle de burguesa! Eu quero sexo, sangue e rock'n'roll. Votem em mim. Macaco Simão pra 98! E o povo pra 69! Ônestidade! Ônradez! E Ó Proceis!

20/08/98

BOMBA ATÔMICA É O JOÃO GORDO NO BANHEIRO!

Buemba! Buemba! Macaco Simão Urgente! Começou o Shoptur de Malucos! Então avisa pro Enéas que bomba atômica é o João Gordo no banheiro. E diz que o dr. Enéas tem um currículo de 5.000 anestesias. Mas ele tomou ou aplicou? Acho que tomou. Todas na cabeça. E acabo de receber um jingle pra campanha do FHC: Fernando Henrique estadista barbante? Tem o Covas como esposa e o Maluf como amante! Aliás, o que o Fernando Henrique veio fazer aqui no clube Monte Líbano? Bater um buraco com a dona Sylvia?

E um leitor me disse que vai votar na Marta e não no Covas porque ele prefere uma periquita acesa que um tucano apagado. Aliás, avisa pra turma do Covas que em se tratando de Covas o buraco é mais embaixo! E uma outra me disse que só vota no Lula se ele pagar uma lipo pra ela ficar com "menas bunda". Rarará! E a campanha tá como aquela bicha da piada do Costinha: chata, desanimada e magérrima!

E tem um candidato chamado Elviz que vai lutar em prol dos direitos dos office boys e dos motoboys. Motoboy? O Maníaco do Parque já tem candidato!

E a inadimplência tá tão braba que um amigo meu foi comprar um videocassete e vasculharam a vida dele: "Olha, seu nome no SPC tá jóia, mas o seu colesterol tá alto, sua pressão tá baixa, teu cunhado tem um amante e a sua empregada acabou de queimar o feijão". Rarará. É mole? É mole, mas sobe! Menos o Quércia!

Don Doca FHC ou Pinóquio Vacinado. Candidato CNN. Com pinta de estadista. Mas diz que o presidente ideal tem que ter a pinta de estadista. E o pinto do Clinton!

E o Lulalelé e o Mario Lago? O Baile da Terceira Saudade. E por que choraram tanto? Diz que foi de emoção. Mas eu acho que já tão chorando adiantado. O Lula chorou mais do que "Essa é a Sua Vida" do Faustão!

E aí o Gamberini perguntou pro rei-eleito FHC: por que o senhor quer ser presidente de novo? Posso responder por ele? Pra ficar passeando de cristaleira com a rainha da Inglaterra! Mas a coroa dele ainda é a dona Ruth! Rarará!

E botaram um repentista cantando no horário da Marta Suplício. Unhenhen aenhen dona Marta não sei o quê. Boa idéia botar um repente. De repente ela ganha. E aí o Quércia com aquela cara de padeiro peronista disse: "Sinto um cheiro de vitória no ar". Já sei, ele passou em frente ao comitê do Fernando Henrique. Rarará. Nóis sofre mas nóis goza. Votem em mim! Macaco Simão pra 98! E o povo pra 69! Comida mais barata. Comida com mais barata em cima. Rarará! E se eu ganhar eu prometo que privatizo a Globo. E estatizo o Brizola.

O Brizola não é um candidato. É um documentário!

21/08/98

DONA PIZZA HUT REVOLTA ATÉ SALÃO DE CABELEIREIRO!

Buemba! Buemba! Macaco Simão Urgente! Frente Oposição Sempre informa: um leitor me disse que o Don Doca FHC devia ganhar o prêmio "O Homem de Vendas do Século". Vendeu um país inteiro. Rarará. E diz que o Covas trabalhou em silêncio. E o ronco? Passou quatro anos roncando e incomodando a vizinhança. Só acordava pra inaugurar pedágio.

E a minha empregada disse que o Enéas vai roubar a bomba do Sadam. Aliás, o Sadam podia ser o vice do Enéas. Que continua com aquela cara de piloto de trem-fantasma!

E o Lulalelé só engole sapo. É sapofágico: um sapo engolindo sapo. E com essa história de o PT trocar o vermelho pelo branco vai até mudar a militância: pai-de-santo, baiana e bicheiro! Rarará!

E o Kandir? Votou errado na reforma e agora quer que a gente vote nele. Ué, a gente vota nele. Errado! Tecla o número do outro. E do jeito que tão prometendo empregos a gente vai exportar emprego. Cada brasileiro vai ficar com uns dez empregos! Só prometem emprego. Os prometedores de promessa. O Maluf prometeu um milhão de empregos, mas demitiu 1.400 da Eucatex. Mas ele não prometeu que ia botar um milhão na Eucatex. Rarará! E ele mostra uma multidão com cartazes: "Quero o meu emprego de volta". E eu quero o meu dinheiro de volta. Rarará!

Emprego virou fetiche de classificados: "Sou loira, gostosa, peituda, liberal e EMPREGADA!". É a palavra que dá mais tesão ultimamente!

Dona Pizza Hut Cardoso! A mulher do candidato Globonews! A volta do quiabo com óculos. Ela não parece um quiabo com óculos? De tailleur amarelo e colar de antropóloga. Parecia uma americana visitando os ianomâmis!

Ela é tão solidária que não faz nada. Só intermedeia. Ué, foi o que ela falou! Totalmente anti-séptica. Ela devia se chamar Ana Septil! E declarou ao Gamberini: "Não pego em dinheiro". Só no cartão? Rarará! Ela devia cantar aquela música do filho do Zico: "Só no cartãozinho Ô Ô! Só no cartãozinho Ô Ô!"

A entrevista dela causou revolta até em salão de cabeleireiro. "Já distribuímos 20 mil bolsas-escola." Pros calanguinho da seca. Como são 20 milhões, o marido dela vai ter que ficar no poder mais quatro séculos. Tudo bem. Passa depressa!

E aí diz que um político perguntou pro assessor: "O que eu falo pra esse povo de merda?". "Começa pedindo desculpas que o microfone vazou." Rarará. Nóis sofre mas nóis goza. Votem em mim! Macaco Simão pra 98! E o povo pra 69!

Ônestidade! Ônradez! E Ó Proceis! Comida mais barata. Comida com mais barata em cima. DELÍCIA! SABOR MALUF!

23/08/98

OSCARETA DO BASQUETE É MONO!
SÓ TEM UM NEURÔNIO!

Buemba! Buemba! Macaco Simão Urgente Urgentíssimo! Bando de malas invadem as Ereções 98! O Pleito Caído! A Bolsa Caída! E um taxista me disse que vai votar tudo errado pra ver se dá certo. Oba! Eu também! Vou votar tudo errado pra ver se dá certo! E estou adorando o Oscareta do Basquete: "Nunca fumei, nunca bebi, nunca me droguei, tenho uma só mulher e um só Deus". E um só neurônio! No joelho! Rarará. E um outro quer saber se ele nunca soltou um pum!

PUM! É a Bolsa despencando. TUM! É gente se atirando pela janela. Pior aquele que se atirou pela janela e quando passou pelo segundo andar um cara gritou: "As Bolsas recuperaram". Rarará. É mole? É mole, mas sobe! Menos a Bovespa!

A Regina Duarte deve tá pensando que essa crise é um ataque PESSOAL do mundo contra o Fernando Henrique. E a equipe econômica, a Turma do Primário Mal Feito, só repetia: o Brasil não é o México, o Brasil não é a Tailândia, o Brasil não é Hong Kong, o Brasil não é a Rússia, o Brasil não é a Venezuela. E quando a crise chegar aqui agora vão dizer: o Brasil não é o Brasil! Vote Djá! Rarará!

E eu vou pegar os meus "real", trocar tudo em dólar e guardar na caixa-forte do Tio Patinhas. E a cachorra do vizinho teve dois cachorrinhos e ela deu o nome de Nabolsa e Nabunda! Rarará! Bem atual! Bem globalizada!

E adorei a técnica como eles resolvem o problema da Bolsa: caiu mais de 10%, fecha. Vamos aplicar aos bancos. Entrei no vermelho, fecha a agência. Rarará! Os bancos não iam ficar abertos por mais de dez segundos!

Voltamos ao PLEITO CAÍDO. Ao ultrágico político. Shoptur de Malucos! E aquela presidenciável mulher? Teresa Ruiz! Quem? Teresa Who is? Rarará! E o Don Doca FHC vai ser eleito "O Homem de Vendas do Século". Vendeu um país inteiro! E diz que o Maluf quando menino fugiu com o circo. E nunca mais entregou. E aquele bordão dele? "Maluf vai, senta e faz." Bordão privatizado. Vai, senta e faz!

E o Lulalelé? Amanhã a gente dá um pau nele. Tem tempo. E primeiro ele tem que deixar de ser inanimado e fazer alguma coisa. Qualquer coisa serve. ME DÊ MOTIVO!

E o Enéas, o nosso Unabomber! Ops. Ultrabomber! E a prova de que ele é revoltado é que ele é careca e barbudão e o pai é barbeiro. Verdade verdadeira. Não precisa nem chamar Freud!.

E torno a repetir que o Bill Pinton é assim: uma bimbada na estagiária e uma bombada nos árabes. Se por causa de um sexo oral rapidinho ele bombardeou o Sudão e o Afeganistão, imagine se tivesse sido uma suruba! Deflagrava a Terceira Guerra Mundial! A Monica Linguiça devia abrir a Festa do Peão de Barretos. Como tocadora de berrante oficial. E diz que essa Monica não tem educação. Cuspiu no vestido! E todo mundo quer saber uma coisa básica sobre o vestido: onde fica a porra da mancha? Rarará! Nóis sofre mas nóis goza. Votem em mim. Macaco Simão pra 98! E o povo pra 69! Ônestidade! Ônradez! E Ó Proceis! Comida mais barata. Comida com mais barata em cima!

25/08/98

E O OCEANO ATLÂNTICO? FOI O MALUF QUE FEZ!

Buemba! Buemba! Macaco Simão Urgente! Ereções 98! O Pleito Caído! E sabe por que o Itamar tem o topete em pé? Porque ele usa xampu de Viagra. Rarará! E diz que o neurônio do Oscar morreu de solidão. E por que o Enéas quer a bomba se for eleito? Pra gente ficar com duas? E diz que o pessoal de Hollywood já está rodando uma série sobre o Bill Pinton e a Monica Linguiça: "A Chupeta Maldita 1". Chupeta Maldita 2 e Chupeta Maldita 3.

E aí aparece a Marta Suplício: "Eu quero a ferramenta pra melhorar a qualidade de vida de São Paulo". FERRAMENTA? A única ferramenta que melhora a qualidade de vida que eu conheço não é possível que ela ainda não tenha. Chama o Eduardo! Ué, ele não foi testado e aprovado?!

E o grande sucesso aqui em São Paulo é o comercial do Maluf. Aí aparece a rodovia dos Imigrantes e o coro FOI MALUF QUE FEZ! Túnel Ayrton Senna. Foi Maluf que fez! Cumbica! Foi Maluf que fez! E as marginais? Foi Maluf que fez! Águas Espraiadas. Foi Maluf que fez. E o exame de próstata? Foi Maluf que fez. E o Pittanic? Foi Maluf que fez! E o trote pra polícia? Foi Maluf que fez! E o quibe cru? Foi Maluf que fez! E o oceano Atlântico? Foi Maluf que fez! E aí no sétimo dia ele descansou? Não, se candidatou de novo. Rarará!

E, se o oceano Atlântico foi o Maluf que fez, o Covas fez o mar Morto. E o Suplicy, o Pacífico. E o Quércia, o golfo Quércico. Rarará. Bem personalista!

E aí aparece o viaduto dona Maria Maluf. Complexo viário com o nome da mãe não é complexo viário, é complexo de Édipo! Complexo Viário de Édipo dona Maria Maluf. Foi Maluf que fez! Ué, agora é o filho que faz a mãe? Antigamente não era o contrário?!

E o Don Doca FHC que prometeu 17,8 milhões de empregos. Dezessete milhões? Já fiquei até cansado! Daria pra dar umas férias no meio? Rarará! O Maluf prometeu 1, o Lula uns 8 e o FHC, como tem complexo de superioridade, 17,8. VAMOS EXPORTAR EMPREGOS! E o Rossi? De tanto não fazer nada nem promessa ele faz! Aliás, ele não é a cara do Lobo Mau com peruca de cordeiro? Rarará! É!

E eu entendi a promessa do FHC: primeiro ele desemprega todo mundo pra depois prometer empregar todo mundo. Aí todo mundo vota nele. E aí ele desemprega todo mundo pra poder prometer que vai empregar todo mundo! É o doutor honoris causa desemprego!

E aí diz que foram perguntar pro ACM: "O senhor é candidato?". "Não, eu sou o presidente. Candidato é aquele sociólogo ali com cara de mexicano." Aliás, vocês viram o Don Doca FHC e o ACM juntos na Bahia? A Falsa Baiana e a Farsa Tucana!

E diz que pra animar os showmicos do FHC ele vai chamar uma nova dupla sertaneja Falida e Desempregada! Uma está demitida e a outra estourou o cheque especial da primeira conta e teve que entrar no cheque especial da segunda conta pra cobrir o cheque especial da primeira conta. E a situação tá tão braba que um amigo meu mandou plastificar o bimbo pra economizar na camisinha. Nóis sofre mas nóis goza. Votem em mim. Macaco Simão pra 98! E o povo pra 69! Ônestidade! Ônradez! E Ó Proceis!

Não é a saúde que está uma porcaria. O povo que é hipocondríaco. Vive inventando doença.

26/08/98

PROJETO FHC! AVANÇA NO BRASIL!

Candidatos em campanha pelo interior: cuidado com os mata-burros. Rarará!

Buemba! Buemba! Macaco Simão Urgente! Ereções 98! O Pleito Caído! TÔ ENTENDENDO TUDO! Um deputado é contra o FHC, mas a favor do Maluf, que apóia o FHC. E o Rossi foi secretário de Turismo do Maluf e aliado do Collor e hoje é apoiado pelo Almino Affonso e Erundina e é do partido do Brizola que apóia o Lula que apóia o Mano Brown. Tá ligado? Rarará!

E tem uma candidata chamada Elza Tank. O quê? Tank? Vai ser esmagada pelas feministas. Sendo que a Elza Tank não é nenhuma Brastemp. Rarará. Já até bolei um slogan pra ela "Vote em Elza Tank! Roupa suja se lava em casa". Rarará!

E posso perguntar a que horas o Serra trabalha? Domingo tava no Gugu, segunda no Ratinho e terça aplaudindo o FHC. Acho que ele sonha que trabalha e acorda exausto. Rarará. Últimas Notícias! Represália muçulmana explode Planet Hollywood na África do Sul. Efeito Monica. Ô Periquita Venenosa! Chupeta Maldita. Dessa vez o Pinton cutucou a onça com vara curta. Literalmente!

E se o Maluf fez tanta coisa, São Paulo não precisa de mais nada. Nem de governador. Tá liberado. E o Oscareta do Basquete diz que nunca se drogou, mas vive votando no Maluf. Rarará! Aliás, um são-paulino indignado disse que o São Paulo precisa roubar o slogan do Maluf: "Chega de perder! São Paulo precisa voltar a ganhar". E o Covas continua com aquela cara de dona Benta do Sítio do Pica-Pau Amarelo. Tudo que não inaugurou nos 4 anos quer inaugurar no horário eleitoral!

E agora com vocês "Avança no Brasil". Com o Don Doca FHC, o candidato Globonews. Diz que o FHC aposta na estabilidade! Ops, na EX-tabilidade! O Ieltsen bebe e o FHC que fica de fogo? Só fala abobrinha. E aí todo mundo vota nele. E no dia seguinte: "Ooolha o pacotão, nega, ooolha o pacotão, minha nega, olha o pacotão". Renhenhenhém 2, a Tragédia! Zélia 3, o Retorno! Vou começar a estocar cerveja!

Ai Minha Santa Periquita do Bigode Loiro! Me segura que eu vou ter um calipso cardíaco. Quanto mais a gente reza mais assombração aparece. Até a Mãe Dinah é candidata. Será que ela já previu a própria derrota? É uma vidente imprevidente. Ela devia ser uma Mãedidata! Eu posso votar nas sobrancelhas dela em forma de acento circunflexo? E um amigo meu foi se consultar com a Mãe Dinah, bateu na porta e ela gritou: "Quem é?". Aí ele pegou e foi embora. Rarará!

E diz que vai ter Guerra de Plumas: as bibas de Campinas são do PT e as de São Paulo são tucanas. E a mãe duma amiga minha assistindo o horário eleitoral gritou: "Cuidado que eles podem roubar a televisão enquanto falam!". E eu vou votar tudo errado pra ver se dá certo. E vendo os candidatos cheguei à seguinte dúvida: a gente tem uma puta sorte ruim ou uma sorte de puta ruim? Rarará. Nóis sofre mas nóis goza. Macacão Simão pra 98! E o povo pra 69! Ônestidade! Ônradez! E Ó Proceis! Prometo reduzir o IPI da piranha! Tô eleito ou não tô?

Acorda Brasil!

Que eu vou dormir!!!

28/08/98

BUEMBA! VOTE EM TUMA E TEJE PRESO!

Buemba! Buemba! Macaco Simão Urgente! Ereções 98! O Pleito Caído! Aliás o pleito tá desabado. Pleito de índia! E o Rossi tá a cara da Maria Madalena arrependida! E manera no make do Don Doca FHC. Ele tá parecendo o Clodovil. Ops, a Clodovéia. É verdade! Eu passei pelo outdoor do FHC com o Covascilante e pichei embaixo "Clodovéia e Dona Benta". E aí passei pelo outdoor do filho do Tuma, o Tumão, e aí pichei embaixo "Vote em Tuma e Teje Preso". Aliás, eu bolei um slogan pra família Tuma inteira: "Votou? Agora Tuma!". Rarará!

E sabe por que o Menem fica elogiando o Fernando Henrique? Porque lá eles fizeram o Plano Cavallo e aqui fizeram o Plano Burro! E uma amiga minha comprou um jatinho de lavar calçada que todos os vizinhos tinham e ela não tinha, mas a empregada dela já tinha e disse que é uma porcaria. Aumentou o consumo de porcaria. É bom o FHC se eleger agora porque o povo já comprou e já tá achando uma porcaria! It's now or never! E aí a gente pega o salário, paga todas as contas e adivinha o que sobra? REALmente nada! E já tem gente pagando o cartão no cartão. Você liga pro Diners e pergunta: "Posso pagar com Visa?"

E eu tô chamando o horário eleitoral de A GALERA MEDONHA. Antes de dizer que vão mudar o Brasil eles têm que mudar os óculos, a gravata, a cor do terno e o bigode. E horário eleitoral é bom pra grávida escolher nome: professor Cherloques, Royce Davis ou Vadão do Jegue! E aquela presidenciável Thereza Ruiz (Thereza Who Is?) não devia ser do PTN. Mas do TPM! A candidata do TPM!

E diz que passou pela Oscar Freire uma figura com o bottom do PT e foi vendida pro zoológico de Berlim. Com uma placa embaixo: animal em extinção primo do mico-leão! E um adolescente diz que não vota no Lula porque ele vai estatizar o Playcenter. E a Marta Suplicy, a butique Daslu!

A RÚSSIA TÁ NUMA SITUAÇÃO BRASILEIRA! E olha a manchete "Governo gasta 13 bi pra segurar o real". Será que eu entendi: o real é uma moeda estável que é instável? E a Bolsa? A Bolsa bateu o catulé, como diz no Nordeste! Tá russo! A yuppada tá toda com a mão na testa. Pra segurar o chifre. A Bolsa cai, e o chifre sobe. É sempre assim! E o FHC ainda vai ter que mostrar o pacotão na televisão!

E aí um correligionário disse pro outro que sua mulher estava com um outro. Aí ele foi, olhou e disse: "Mas não é com outro, é com o mesmo". Chega dos mesmos! Como diz o slogan do Rossi. Rarará!

E aqueles gritando no horário do Maluf "eu quero o meu emprego de volta". É a voz do Maluf: eu quero o meu emprego de volta! Rarará! E, se o Maluf fosse transparente mesmo, ele já teria escrito sua biografia: "Minha Vida é uma esfiha aberta". Fechada pra balanço! Rarará! Nóis sofre mas nóis goza. Macaco Simão pra 98! E o povo pra 69! Ônestidade! Ônradez! E Ó Proceis! Se eu ganhar eu vou fazer como o Lula; distribuir terra. Pra artista plástico fazer instalação na Bienal! Mais ética na demagogia!!!

29/08/98

SEXO BIZARRO! JOÃO LEITE BEIJA COVAS E AZEDA!

Buemba! Buemba! Macaco Simão Urgente! Ereções 98! O Pleito Caído! E essa é a máxima do eleitor: penso, logo desisto. Fernandohenriquistas versus petistas. Fiéis da Fiesp x Fiéis do Fidel. E o João Leite Neto beijando o Covas! Sexo bizarro. A cena mais explícita de sexo bizarro! Não sei como o Leite não talhou! E aí apareceu na tela um candidato velho policial e um amigo meu disse: "Mas não foi esse que morreu?". Não, foi esse que matou! Rarará!

E ainda bem que o Lulalelé vai perder. Já imaginou ter que dividir um beliche com a Maria Conceição Tavares. E o Lulalelé, ou cricri de porta de fábrica, promete assentar 80 milhões de famílias. Ou seja, vão continuar em pé. Porque o FHC vai mandar assentar no formigueiro!

E o único emprego que o rei-eleito FHC tá gerando é o de segurador de bandeira! A cidade está infestada de bandeiraço do Don Doca. E cruzei na marginal com um ônibus lotado de criança balançando bandeirinha do Fernando Henrique. Trabalho infantil. Vou ligar pra dona Pizza Hut! E o estatuto da criança e do adolescente. Está tudo fazendo campanha?

E uma amiga minha disse que o Quércia tá em tesão pela campanha. Claro, tá sem voto. É a mesma coisa que você ter tesão e não ter mulher. E sabe como chama o cérebro do Oscareta do Basquete que abriga aquele único neurônio? Jurema! Em homenagem a lata de ervilha!

E avisa pro rei-eleito FHC que o real tá tão caro que um amigo meu vai abrir um super negócio: um pedágio! E eu já to botando meia-sola em sandália havaiana. E até as piranhas entraram em liquidação. Estenderam a faixa "LIQUI...DANDO!"

E BI QUE É BI VOTA NA SUPLICY! Hoje na discoteca Tunnel, às 23h, uma festa GLM: Gays e Lésbicas com Marta. Só que GLS não faz boca de urna, faz boquete. Boquete de urna! E um gay do PV fez uma camiseta com uma gaivota e escreveu embaixo: Gay Vota! Rarará!

E em Minas saiu um slogan sensacional Vote em Reverendo querendo ou não querendo. E o Itamar é um mineiro atípico: não come e nem fica quieto! Que mantém o topete em pé porque usa xampu de Viagra!

E o Maluf virou evangélico. Fechou com os evangélicos. Agora a plataforma do pastor Maluf é "Pequenas Igrejas, Grandes Negócios". Provoca o maior turcocircuito. E seu jingle vai ser "Pode Vir Crente Que Eu Estou Fervendo".

E nessa eleição ainda não apareceu o Sargento Pinto. Que eu já tinha até bolado o slogan: o importante não é ser sargento, o importante é ter pinto!

Rarará. E um político perguntou ao assessor: "E agora o que eu falo pra esse povo de merda?". Começa pedindo desculpa que o microfone vazou. Rarará. Nóis sofre mas nóis goza. Macaco Simão pra 98! E o povo pra 69! Ônestidade! Ônradez ! E Ó Proceis! Que hoje eu tô como o Brizola: só tiro o pijama quando a empregada pedir pra lavar!!! E se eu ganhar eu privatizo a Globo. E estatizo o Brizolão!!!

Acorda Brasil!

Que eu vou dormir!!!

30/08/98

DON DOCA FHC TÁ DE OLHO NO PERU DO VIZINHO!

Buemba! Buemba! Macaco Simão Urgente! Ereções 98! O Pleito Caído! "Poltergeist 3, o Terror Continua"! E sabe porque o Ieltsin não quer renunciar? Porque ele tem delirius kremlins. E o Rei-eleito no dia da posse vai falar: vou passar quatro anos acertando as contas do governo anterior! E toda campanha o Covascilante bate-boca com professora. Sabe o que o Covas grita quando vê uma professora? Vira esse negócio pra lá que eu sou alérgico!

E a urna eletrônica? Anularam o voto nulo! Tá faltando três teclas: filho duma quenga, fora rede globo e abaixo a repressão. Aliás, quatro: Vote FHC! ACM pra presidente! Chega de atravessadores! Anularam o voto nulo! Desde os anos 70 que eu só voto em três pessoas: John Lennon, Jesus Cristo e Rita Lee! Cassaram o direito da minha amiga escrever "Guevara Dura". Guevara dura até hoje!

E a petista da pasta rosa me disse que os pratos prediletos do Maluf são: robalos e furtos do mar. E a única coisa que a militância petista faz é boicotar o programa da Hebe. Que não é malufista histórica. É malufista pré-histórica!

E um outro me disse que o Lulalelé passa quatro anos coçando e quando volta quer arrumar emprego pros outros. Don Doca FHC e Lulalelé: chega de emprego. MAIS ÉTICA NA DEMAGOGIA! Desse jeito vamos exportar empregos. Já tô cansado. Tem tanta gente prometendo emprego que o candidato que prometer férias ganha! E o Mauricinho do Trabalho disse que o emprego tá em estabilidade. Oba! Desempregado ganha estabilidade no desemprego!

E a doutora Havanir? Estou apaixonado pela doutora Havanir! Aquela da Turma da Bomba do Enéas! Parece uma marionete desgovernada: grita, grita,

grita e depois grita: "Meu nome é Havanir". Se ela mudar o nome pra Havagardner eu caso com ela. Que também é cirurgiã. A "Serra Elétrica 4"! Rarará!

REI-ELEITO FHC TÁ DE OLHO NO PERU DO VIZINHO! Deve tá morrendo de inveja do Fujimori. Que vai ser treleito! Não larga do Peru! E se existe uma coisa que tem que ser democrática é o peru. Ninguém pode ter o monopólio do peru. E desculpe o preconceito, mas como é que um japonês pode engrandecer o Peru? Ele podia vir dar um intensivo pro Don Doca! Porque agora na América Latina existe uma coisa maravilhosa: ditadura democrática!

E a única frase que presta do bolerão Requião: "Se desligar a televisão, acaba o governo FHC". O candidato Globonews! Num guento mais Don Doca FHC entrando na tela com o rei na barriga e uma batata quente na boca "Uôu, Uôu, uôu. Tudo bobagem! Tudo histeria! Presidente não é pra governar, presidente é pra brilhar!". E passear de cristaleira com a rainha da Inglaterra. Mas a coroa dele ainda é aquele quiabo com óculos, a dona Ruth. Dona Pizza Hut!

E o outdoor do Rossi: Chega de promessas e mentiras. Então ele vai renunciar? Rarará. Nóis sofre mas nóis goza. Macaco Simão pra 98! E o povo pra 69! Ônestidade! Ônradez! E Ó Proceis! Vou reduzir o IPI da piranha. Vou privatizar a Globo. E estatizar o Lula! Vote em Tuma e Teje Preso! E tem um japonês chamado Nomura. Deve ser tucano!

01/09/98

UEBA! DIZ QUE O MALUF ASFALTOU A PONTE AÉREA!

Buemba! Buemba! Macaco Simão Urgente! Tô entendendo tudo! O Clinton na Rússia, e o Fidel com o ACM. E o resto do mundo uma imensa Las Vegas. Ai que saudades da Guerra Fria, do Muro de Berlim e do chicletes Ping Pong! E o que o Pinton foi fazer na Rússia? Encontrar uma engolidora de espada do Circo de Moscou? Clinton assedia engolidora de espada do Circo de Moscou! E a crise lá na Rússia tá brasileira. E um leitor me disse que tá tão quebrado que pra acabar de quebrar só falta quebrar a dentadura e os óculos. E um outro me disse que agora no Brasil é assim: você se solta do espeto e cai na brasa! Rarará! Sacanagem!

E a Maria da Conceição Tavares devia ter todo dia um programa de cinco minutos na televisão. Chamado "Tormento Econômico". Ela disse pro Boris que perto dessa crise o crack de 30 é pinto! E PTB quer dizer Partido dos Tingidos Brasileiros. É cada tintura desgraçada!

Ereções 98! O Pleito Caído! Poltergeist 3, o Terror Continua! Alô Galera Medonha! Sabe a última piada do FHC? Ser rico é chato. Foi o que ele falou num comício pros favelados da Ilha do Governador: "Gente rica leva uma vida muito chata". Entendi o recado: permaneçam na merda que é mais divertido. Rarará! E aí uma cidadã revoltada falou: "Pois em vez de estar me matando de trabalhar eu preferia estar vendo um filme ou indo pro restaurante". Enfim, se chateando! Rarará! A Volta da Maria Antonieta do Planalto! Um comício sobre o tédio!

E olha essa manchete: "Maluf quer a polícia de gravata". Errado! Maluf quer que a polícia DÊ gravata. Depois do cassete no pé, prática difundida pela polícia do Covascilante exibida em rede nacional, a polícia do Maluf Arrota na Rua vai ficar dando gravatas em suspeito! Método do Maníaco do Palanque!

E cada maníaco com sua mania! Apareceu um candidato motoboy: Francisco Alves, um motoboy pra limpar o nome da classe. E pelo Partido Verde! Em homenagem ao parque do Estado? Rarará! E é ex-açougueiro. Ex-açougueiro no Partido Verde é um açougueiro arrependido. Coerente!

E a partir de janeiro haverá mais um aposentado assistindo aos jogos do Santos nas tardes de quarta-feira em Vila Belmiro: o Covascilante. Rarará. E um leitor quer saber quais são os decoradores e os paisagistas do cenário do Ciro Gomes. E o make do Lulalelé? É uma mistura de Kabuki com Cauby! Com aquela cara de "classe média, me ame". Não é "I love Miami". É "Classe Média, Me Ame!".

E estou adorando o slogan do PSTU: "Contra burguês, vote 16". Já imaginou se algum fiscal do PSTU me encontra no túnel Ayrton Senna passeando com o cachorro no colo no meu Golf Azul Aruba? Me carimbava na cara: contra burguês, vote 16! Os estranguladores de poodle!!!

E essa aconteceu em Várzea Alegre, Ceará. O candidato discursando: "Não votem em fulano de tal que ele se juntou com uma turma e bateu 'in eu'". E o assessor: "Em mim, excelência, em mim". "Ah, você apanhou também?". Rarará! Nóis sofre mas nóis goza. Macaco Simão pra 98! E o povo pra 69! Ônestidade! Ônradez! E Ó Proceis! Comida mais barata. Comida com mais barata em cima!!!

02/09/98

MONICA CHUPINSKY VEM FAZER BOCA DE URNA!

Buemba! Buemba! Macaco Simão Urgente! Ontem a Bolsa de São Paulo fechou com alta de 7%! Já sei, a equipe econômica, a Turma do Primário Mal Feito deixou até a mãe como refém! E diz que o Air Force One do Pinton estava chegando a Moscou quando o comandante disse: "Senhor presidente, favor fechar a braguilha e colocar a aeromoça na posição vertical que estamos aterrissando". E sabe o que o Bill Pinton fala pras estagiárias quando ele se levanta? "Cuidado pra não bater a cabeça na escrivaninha." E o que a Hillária foi fazer na Rússia? Comprar chapéu de cossaco pra esquentar o chifre?!

E mais: chamaram a Monica Chupinsky pra fazer boca de urna. E um amigo meu diz que NÃO vai votar no Rossi porque tem um primo que mora em Osasco! E o Don Doca FHC disse que pôs a Saúde nos trilhos. Agora só falta o trem passar por cima! E o Oscareta do Basquete diz que não usa droga. É verdade, o Maluf é que tá usando ele. Rarará! E sabe o que eu dei de presente de aniversário pro meu irmão? Mil rublos pra ele comprar o que ele quiser!

ARAUTO DO APOCALIPSE INFORMA! A Festa acabou! Dia 5 de Outubro: Grande Pacotão! Diz que vão até taxar a importação. Voltamos aos vinhos gaúchos e ao Adria com ovos! Por isso que uma amiga minha está estocando azeite italiano. Extra virgem, claro! E vai acabar aquela história dos comerciantes: "Estamos esperando os contêineres. Os contêineres estão chegando!". Agora em vez de contêiner, contenha-se! Rarará!

E o slogan de reeleição do Ieltsin: "Quem acabou com o comunismo vai acabar com o capitalismo". E Moscou aposta no Cavallo pra sair da crise. E o Brasil continua apostando nos burros. A Turma do Primário Mal Feito. Sob o comando de Pedro Malanta, o mais novo bichinho da Parmalat. E o Malanta é tão competente que nos livrou da inflação pra nos jogar na deflação. Destino de linguiça de churrascaria: se solta do espeto mas cai na brasa!

E como o Lulalelé quer demitir a equipe econômica se ele é contra o desemprego?! Horário Eleitoral! Ereção 98! O Pleito Caído! Poltergeist 3, o Terror Continua. Fala Galera Medonha! Dizem que de médico e de louco todos têm um pouco. E de médico e de louco o Prona tem todos! A Turma do Enéas Unabomber! O disk bomba é mais caro que qualquer disk sexo. Pelo menos o orgasmo é mais ruidoso. BUM!

E como é que tá o Sul? Esperidião Amin e Antônio Britto! Amin em árabe quer dizer honesto. E Esperidião quer dizer o quê? Mais ou menos? Rarará. E o Antônio Britto não larga nunca daquele look de porta-voz de defunto?! Rarará! E já tão dizendo por aí que a Wilma Motta é a Yoko Ono dos tucanos!

E tem um deputado que botou o outdoor na frente do Detran: "Vamos emplacar juntos!". Mediante uma comissão de 30%? Rarará! E eu bolei um slogan pro Jooji Hato: "Não vote agora, vote no Hato".

E o Rossi ainda vai acabar com um torcicollor. De tanto virar pra esquerda e pra direita e pra esquerda e pra direita. Por que ele não compra um pescoço da Giroflex? Rarará! Nóis sofre mas nóis goza. Macaco Simão 98! E o povo pra 69! Ônestidade! Ônradez! E Ó Proceis! Recebo em dólar mas pago em rublos!

03/09/98

VOTE EM MARTA! SÃO PAULO QUER GOZAR!

Buemba! Buemba! Macaco Simão Urgente! Vitória Socialista: a Rússia finalmente conseguiu deixar o mundo no vermelho! E saiu o novo slogan: "Vote em Marta! São Paulo quer gozar". Ainda mais com esse calor! Gritou uma amiga minha! E sabe por que a doutora Havanir é a favor da bomba atômica? Porque ela é um canhão! Armas Bélicas Unidas!

E aí diz que um candidato pegou a mulher com outro: "O que esse homem faz aí debaixo da cama?". "Debaixo eu não sei, mas em cima faz maravilhas!". E ainda bem que ele pegou a mulher com outro. Chega dos Mesmos! Como diz o Rossi. O candidato vira-bandeira!

Ereções 98! O Pleito Caído! Fala Galera Medonha! O Maluf tá cada dia mais hilário. Agora ele disse que construiu o Cingapura baseado nos chalés alpinos de Campos do Jordão: "Os moradores se sentem em Genève, na Suíça". Projeto Pingapura. Você toma três pingas, entra no apartamento e acha que tá em Genève! E posso fazer uma pergunta: neva no Cingapura? Neva! Só se for em boca de pó. Aí neva que é uma beleza!

E o Don Doca FHC tá tão cara-de-pau que agora o apelido dele é Perobão! E diz que a sua campanha está usando o mesmo equipamento de "Parque dos Dinossauros". Perfeito! Porque ele é Jurássico! O Pedro Malanta é o Broncossauro e o ACM, o Tiranossauro Rex! E o Gamberini já tá ficando com cara de filhote de dinossauro. Sabe aquele dinossauro que acaba de sair do ovo? É o Gamberini! Dinossaurite contagiosa!

E o Lulalelé é um candidato singular. Não consegue falar um plural. Rarará. Aliás, diz que o FHC disputa a reeleição, e o Lula e o Brizola, a re-rejeição! Somaram as rejeições! É a famosa chapa fria. E o meu único medo de o Lula ganhar é ter que dividir um beliche com os Racionais, tá ligado?!

E o Rei-eleito FHC tem razão quando diz que acabou com os baixos salários. E com os altos também! Acabou com os salários! E uma amiga minha disse que se continuar esse desemprego ela vai acabar tocando corneta com a crica no programa da Xuxa!

E insisto que a Maria da Conceição Tavares tenha um programa de televisão de cinco minutos: "Tormento Econômico". Aí ela entrava gritando: "O BRASIL VIROU UM CASSINO! VAMOS FECHAR OS RALOS! EU NÃO TÔ AQUI PRA BRINCADEIRA!"

E aí aparece o Pan. Partido dos Aposentados da Nação. Em vez da Jovem Pan, é a Velha Pan. E adorei aquela aposentada cearense candidata pelo Pan: "Meu nome é Raimunda VAGABUNDA da Silva". Sensacional. Eles não esquecem o Fernando Henrique. E um outro disse que aposentado não morre de idade, morre de raiva! Aposentado no Brasil vive de teimoso. Ô classe teimosa, como diria o Fernandoca! Rarará! Nóis sofre mas nóis goza! Macaco Simão pra 98! E o povo pra 69! Ônestidade! Ônradez! Ora Pro Nobis! E Ó Proceis! Comida mais barata. Comida com mais barata em cima!

E não esqueça! Dia 5 de outubro: Grande Mega Pacotão! UFA! Tô precisando de uma buchada de bode com Caracu, dois ovos e molho de Viagra! Na veia!

Acorda Brasil!

Que eu vou dormir!

08/09/98

PACOTÃO 98! VAI FALTAR BREJO PRA TANTA VACA!

Buemba! Buemba! Macaco Simão Urgente! Moral do Sete de Setembro: por que todo mundo desafina no Hino Nacional menos a Fafá de Belém? E hoje acordei otimista! Ainda bem que o Malanta é ministro da Fazenda. Já imaginou se ele fosse piloto de avião? Ou neurocirurgião! Aí que vocês iam ver o que é desgraça! E eu não tô nem aí que o Fernando Henrique vai ganhar. Quatro anos passam depressa.

E olha o slogan dum candidato gay do Cariri: "Não sou eu que sou diferente, os outros que são iguais". E um amigo me disse que o grande problema desses partidos da USP, PT e PSDB, é que na hora de administrar aparecem 50 arquitetos e nenhum engenheiro. É tudo gênio ou artista!

E a crise tá tão braba que um amigo meu diz que vai dormir até 2002. Fuga onírica. Vai ligar pra Telesp Despertador: "Favor acordar o usuário só quando a recessão terminar e as ações da Telesp subirem". Rarará!

E um leitor me disse que discorda da minha tese que a vaca foi pro brejo. Ele acha que vai faltar brejo pra tanta vaca! E aquele que pegou o dinheiro do Bar Mitzvá e jogou na Bolsa? E perdeu tudo. E ainda saiu na foto da Folha lendo "The Millionaire Next Door". Só que avisa pra ele que o millionaire next door acabou de se atirar pela janela!

E um outro me disse que a Rússia vai ganhar Nobel de Química 98: transformou rublo em merda! Rarará! Grandes possibilidades de esse prêmio ser concedido ao Brasil ano que vem. E os juros do crediário subiram tanto que olha a promoção que eu vi no shopping: "TV 29! A vista R$ 800 ou seis vezes de R$ 800".

E carimbaram um novo adjetivo na propaganda do Don Doca FHC. Firmeza! Firmeza, não! Tira aquele dicionário de sinônimos da mesa do Nizan Guaranaes. Firmeza, não. O FHC é o famoso presidente macarrão: é só jogar na água quente que ele amolece. E no primeiro grito do ACM ele fica gagagago!

E aí vem a Turma do Enéas Ultrabomber! A doutora Havanir: "A mentira e o cinismo imperam no horário eleitoral". Crítica e autocrítica!

E adorei a frase do Edir Macedo: "Se ali fosse uma discoteca, se estivessem bebendo ou tomando drogas, aí teria uma explicação. Não entendo o motivo dessa tragédia. Todos ali estavam orando". Ele ainda vai acabar virando ateu. Começa assim: questionando. Aí vira ateu e comunista. E o Rossi não parece o Pinguim do seriado Batman? A mesma pureza do olhar! Rarará!

E eu vi uma carreata do Covascilante. Sensacional. Um monte de carro. E uma pessoa só em cada carro. Parece que tavam acompanhando enterro, féretro!

E não adianta os jornalistas ficarem perguntando o que os economistas brasileiros acham da agência Moody's. Não é melhor perguntar o que os investidores internacionais acham da agência?! E a militância petista? Vai virar prova de gincana de colégio: 1) trazer um texto de Machado de Assis de 1830; 2) um Ford bigode de 29; 3) um militante petista.

E aí diz que um candidato estava discursando quando um jegue zurrou. "O que é isso?", perguntou ele. "É o eco!", gritou um eleitor. Rarará. Nóis sofre mas nóis goza! MAIS ÉTICA NA DEMAGOGIA! Macaco Simão pra 98! E o povo pra 69! Ônestidade! Ônradez! E Ó Proceis! Atendendo a pedidos duma amiga prometo reduzir o IPI do vibrador. Rarará!

10/09/98

O QUÊ? O MALUF VIROU UMA VACA LEITEIRA?

Buemba! Buemba! Macaco Simão Urgente! Ereções 98! O Pleito Caído! FALA GALERA MEDONHA! O Maluf virou vaca leiteira, é? Nunca vi dar tanto leite. Tá criada a campanha "Vamos ordenhar o Maluf". E diz que depois do Projeto Leve Leite ele vai criar um pros fumantes, o Leve Fumo, e um pros vegetarianos, o Leve Nabo. Vote em Maluf! Leva Leite, Leva Fumo e Leva Nabo! Rarará!

E um leitor me disse que a eternamente certa Maria Conceição Tavares tá mais feia que congestão de buchada de bode. Se botar duas orelhas pontudas ela fica a cara do dr. Spock. E sabe o que o eleitor vai falar pra Marta Suplicy depois das eleições?: "Foi bom pra você?". Rarará. Vote Marta! Um cigarro antes e outro depois! Ué, ela não é sexóloga?

BON JOUR! OPS, BON JUROS! Aqui quem fala é um ex-consumidor. Não adianta insistir que eu não vou comprar nada. Pior que esse pacote só o próximo. E loja em shopping agora é assim: oitocentos televisores ligados e um consumidor desligado! E com essa crise nem o meu terno novo tá saindo de casa. Fica lá dentro do armário reclamando: "E aí, não tá tendo mais eventos?". E dois sintomas de que a coisa tá feia: caiu o índice de otimismo do Renato Machado do "Bundinha Brasil" e apareceu o G. Aronson. Esse só aparece pra anunciar que quebrou!

E a Rita Lee é uma profeta. Profeta Lee: "Alô, alô, marciano. As coisas aqui na Terra estão ficando russas. Tá todo mundo down no high society!". É isso mesmo: tá todo mundo down no high society. Coqueteleira agora só vai servir pra lavar calcinha. Pior aquela russa que queria se enforcar, mas não achou corda no mercado!

E os preços das prestações dos carros? Agora saíram duas promoções: "Pague uma Mercedes e leve um Gol". Ou então "Pague um Boeing e leve uma Mercedes". E o Cristovam Buarque disse que "A queda das Bolsas é o Muro de Berlim do Roberto Campos". O mercado já era. Agora eu quero o supermercado livre!

E profeta é aquela minha vizinha que batizou os dois cachorrinhos de Nabolsa e Nabunda. Rarará. EU QUERO ESTABILIDADE EMOCIONAL! Chega de montanha-russa! Montanha-russa só em quarto de motel. Com espelho em cima, please!

E o Suplicy disparou. Já sei, tomou overdose de coristina com groselha. Mas é mole concorrer com um Neurônio Solitário, o Oscareta do Basquete, e um papagaio de tucano, o João Leite Neto. Que só repete uma única coisa: "Eu sou o senador do Fernando Henrique Cardoso, eu repito, eu sou o senador do Fernando Henrique Cardoso". Qual o seu projeto? "Isso é uma gravação, eu sou o senador do Fernando Henrique Cardoso."

E deu na Joyce que o Rossi já está sendo chamado de A Terceira Tragédia de Osasco! É mesmo, tudo desaba em Osasco e agora em represália ele quer desabar em cima da gente?! Esse é outro que parece uma gravação: "Quando eu era prefeito de Osasco". O que o senhor vai fazer pela saúde? "Quando eu era prefeito em Osasco!" E pela segurança? "Quando eu era prefeito em Osasco!" Ô SACO!!! Só uma coisa ele não vai poder dizer: "Quando eu era perfeito em Osasco!" Rarará! Nóis sofre mas nóis goza. Macaco Simão pra 98! E o povo pra 69! Ônestidade! Ônradez! E Ó Proceis. Vou reduzir o IPI do vibrador e diminuir as filas do banheiro das casas noturnas! UFA!!!

11/09/98

PÂNICO! FHC REBOLA NA BOLA DA VEZ!

Buemba! Buemba! Macaco Simão Urgente! Querem "impichar" o pinto do Clinton. E olha essa manchete: "Clinton pede desculpas e o mercado deprime". Ô periquita venenosa! Monica Chupinsky faz boquete e derruba as Bolsas? Primeiro ela faz subir e depois faz descer! Rarará! E muda o nome daquele índice Dow Jones pra Paula Jones.

E diz que o Álvaro Dias do Paraná esticou tanto o rosto que o TRE vai impugnar a candidatura. O rosto não corresponde à foto! E aí um leitor perguntou pra avó se ela ia votar no Fernando Henrique. "Naquela boca de sovaco, Deus me livre!" Rarará! As bruxas estão soltas: Gerson Brenner, Lars Grael, Branco Mello, evangélicos, romeiros e Bolsas. Eu acho que o Brasil pisou no despacho!

A VOLTA DA BOLSA ASSASSINA! Despencou! A mais nova e queridinha palavra da mídia é "circuit breaker". Toda vez que a Bolsa cai mais de 10%, fecha. Sensacional. Vamos aplicar aos bancos. Entrei no vermelho, fecha a agência. O cheque especial estourou? FECHA A AGÊNCIA! Banco não ia ficar aberto por mais de dois minutos!

Votem em mim. Macaco Simão 98! Vou criar um "circuit breaker" que pára as demissões toda vez que o desemprego bate nos 10%! Rarará! Ganho estourado! Antes do primeiro turno! E do Maluf, antes do primeiro turco!

E uma amiga minha contribuiu para a sangria dos dólares: mandou a mãe pra Nova York com dois mil dólares na bolsa. Ops, na carteira. Não matem a véia de susto. Antipatriota! Dois mil dólares tão fazendo falta pra gente! E uma outra ligou pruma agência de viagens e o cara disse: "Aproveita logo antes da eleição". É verdade! Vamos aposentar os passaportes! Rarará!

E apareceu um deputado com um slogan sensacional: "Quem não tem cavalo galopa com jegue". É o que o Pedro Malanta tá fazendo: galopando com jegue. Até o dia da eleição!

E ontem ele apareceu no comitê do FHC, ops, na Globonews! Que maria-mole, que falta de tesão! Assim nóis não vai! A Turma do Primário Mal Feito pirou na maionese. Ficam falando de um orçamento que não existe. E hoje o pessoal do Banco Central permanece em Brasília. Esse é o lado bom da crise: botou eles pra trabalhar!!!

E a alta das prestações dos carros? Antes você comprava um automóvel e, ao final de 60 meses, havia pago uns quatro carros. Agora deve ir para uns oito!

Moral das Bolsas: o real é uma moeda estável que é instável. E depois da queda da Bolsa, vem a queda das bolsas Prada, Gucci, Fendi e Vuitton. A peruada vai ficar na tanga! Pior quando caiu a bolsa duma amiga minha e ela gritou: "Cadê o meu vibrador?"

E o Maria Antonieta do Planalto? Don Doca FHC rebola na bola da vez! Com essa queda das Bolsas ele deve estar como aqueles relógios de 500 anos da Globo: contando os dias pro dia da coroação. Temos que acabar com o tronopólio do FHC!

E o Brasil Vita, aquele que censurou o discurso do Turco Louco, já está no nono mandato. Ou seja, só de um minuto de silêncio já está com mais de quatro horas!!!

E uma amiga minha vai votar no PSTU. É o voto desaforo! "Contra burguês, vote 16!" Já imaginou eu sentado no meu sofá da Forma tomando um uiscão e aí vem um fiscal do PSTU e carimba na minha cara: "Contra burguês, vote 16!" Rarará! Nóis sofre mas nóis goza! Macaco Simão pra 98! E o povo pra 69! Ônestidade! Ônradez! E Ó Proceis!

17/09/98

BUEMBA! DEPOIS DO CRASH, SÓ CASH!

Buemba! Buemba! Macaco Simão Urgente! Anteontem a Bolsa despencou pra cima e ontem caiu pra baixo. Parece aquela música de "Os Incríveis": "Ioiô ioiô pra cima e pra baixo eu vou". Bolsa ioiô! E um leitor me disse que estava trabalhando no mercado futuro. Já sei, tá operando na Bolsa? Não, tô desempregado mesmo. Só trabalha no mercado futuro! E a equipe econômica mudou de nome pra equipe econo-cômica! A equipe econo-cômica do Pedro Malanta e a Turma do Primário Mal Feito!

Charutaço 2, a Missão! Sabe como foi a defesa da Monica Chupinsky? Fumei, mas não traguei! E já estão chamando a mocréia de Monica Impeachinsky! E o Don Doca FH que ligou pro Clinton? Aposto como o Clinton tava com uma estagiária embaixo da mesa. Deve ter sido hilária essa conversa. "Você vai mandar a grana?". E o Clinton com a estagiária embaixo da mesa: "OOHH YEAHHH". "Mas vai mandar antes das eleições?". "OOOOHHH YEAAAAH." Só que ele não tava concordando, tava tendo orgasmos!

E o FHC tendo orgasmos só por estar falando com o Clinton. Em pé e com a faixa. É o Clinton no telefone? Peraí que eu vou ficar em pé e botar a faixa!

E diz que consumidor vai ficar mais em extinção que mico-leão. E essa é a palavra de ordem pra crise: "DEPOIS DO CRASH, SÓ CASH". Nada de prestações, como recomenda a Miriam Leitão. Que tá um misto de Zélia Cardoso com Marco Nanini. E se eu ganhar a eleição eu vou privatizar a Miriam Leitão. E estatizar o Lula. Lula e Brizola. Sapo Barbudo e Sapo Milongueiro. SAPOFAGIA: um sapo engolindo outro!

E uma amiga minha desafiou a crise e comprou uma farinheira furada. Como dinheiro do FMI. E a petista da pasta rosa tá namorando com um mauricinho russo! E depois dessa crise já tá rodando um adesivo: "Vingue-se de FHC! Vote nele!" Rarará!

Ereções 98! O Pleito Caído! "Poltergeist 3, o Terror Continua". Fala Galera Medonha! E aí aparece um cara do PTB: "Nosso compromisso é com a dignidade". Mas devia ser: "Nosso compromisso é com a Loreal". Nunca vi tanto cabelo tingido. PTB, Partido dos Tingidos Brasileiros. E o Campos Machado é como o Silvio Santos: combina a cor do cabelo com a cor do cinto!

E por que o Maluf não tira aquele capacete de engenheiro da cabeça? "É pra se defender das pedras que vão jogar nele", disse a minha empregada! E o Oscareta diz que vai combater as drogas, mas vota no Maluf?!

E o vice do Covas disse que "vamos dar ao Covas um tempo pra ele concluir o que ele começou". Como ele não começou nada não precisa de tempo algum. Tempo esgotado! E o Covascilante disse: "No primeiro dia útil do meu governo". Mas no governo dele não teve dia útil. Só dia inútil!

E sabe por que o Rossi caiu? Porque o eleitorado caiu em si! Rarará!

E aquele candidato João Manoel: "Nem Maluf nem Covas nem Rossi nem Quércia, vamos acabar com a panela". Esse cara é um gênio: conseguiu rimar Quércia com panela! Rarará! Nóis sofre mas nóis goza! Macaco Simão pra 98! E o povo pra 69! Ônestidade! Ônradez! E Ó proceis!!! Comida mais barata. Comida com mais barata em cima. Eu vou reduzir o IPI da estagiária!

19/09/98

BUEMBA! BUEMBA! XARUTAÇO NA MANGUEIRA!

Buemba! Buemba! Macaco Simão Urgente Urgentíssimo! Diz que a situação tá tão braba que na hora da gorjeta você diz "pro teu uísque" e joga três pedras de gelo na mão do cara. E um outro tá deixando a barba crescer pra economizar na gilete. E um outro mandou plastificar o bimbo pra economizar na camisinha!

HOJE EU SALVO A PÁTRIA! SHOPPINGS DE TODO O BRASIL, ATENÇÃO! Preciso comprar um vídeo. Estendam o tapete vermelho. Só compro com algumas exigências: dez toalhas brancas, 40 toalhas azuis, água Perrier, 30 tipos de frutas da Malásia e só assino o cheque se puder fumar. Eu sei que é proibido fumar em shopping, mas na hora de assinar o cheque eu fico tão nervoso que preciso fumar. "Ai, tô nervoso! Tenho que fumar!" Quero ver se eles deixam ou não!

E vai dar até plantão no "Jornal Nacional": "Tantantan! Acabamos de localizar um consumidor se dirigindo ao shopping com a intenção de comprar um vídeo". E sabe como se passa trote em lojista? Entra na loja e o vendedor: "Deseja alguma coisa?". "Desejo, um copo d'água!". Rarará! Tô me sentindo mais extinto que mico-leão! Se você entrar numa loja agora os vendedores atacam mais que os gremlins!!!

CHARUTAÇO NA MANGUEIRA! O Brasil é sensacional! A Mangueira está mandando uma carta de apoio ao Pinton! Tá certo, o Pinton adora ver a Mangueira entrar! Rarará! E dona Zica e dona Neuma interferiram no

Pintongate! Dona Neuma sobre Monica Chupinsky: "Se essa mulher subir aqui no morro ela vai levar uma surra". Rarará. Amanhã dona Zica e dona Neuma opinam sobre a desvalorização do rublo: "Se esses neocomunistas subirem aqui no morro eles vão levar uma surra!"

E os investidores não aplicam nada sem ouvir dona Zica e dona Neuma. Índice Mangueira! E só falta aparecer agora uma velhinha de 106 anos dizendo que fez sexo oral com o Tomas Jefferson!

E diz que o Clinton todo dia diz: "Maldita hora em que eu botei o respectivo pra fora". E os advogados dizem: "Bendita hora em que ele botou o respectivo pra fora!"

E já tá rodando na Internet uma foto de um dólar com o Clinton de pingolim pra fora e a Monica pelada!

O VIAGRA DO MALUF TÁ MAIS BARATO! E um outro diz que vai votar no Malufrango porque vai ter Viagra dez vezes mais barato na "Farmácia do Povo"! E um malufista diz que vai ter remédio 700% mais barato. Entendi, na compra de um remédio de R$ 100 basta você ir pegar o remédio e ainda recebe R$ 600 de troco! E a Marta insiste que precisa de uma ferramenta pra governar São Paulo. Serve charuto?! Rarará! E ainda por cima peguei a tosse FHC: chata e não vai embora!

E o Malufrango diz que de tocador de obras vai virar tocador de projetos sociais. Pois eu acho que ele vai virar tocador de bumbo no Pingapura do Pitta. Aliás, sabe qual o e-mail do Pitta? Pitta@com.maluf. Rarará!

E uma amiga minha trabalha com dois cenários para o país: o ruim e o desastroso. O ruim: ela recebe o que estão lhe devendo, paga o que deve e fica dura. O desastroso: ela não recebe o que estão lhe devendo, não paga o que está devendo e fica devendo!

E diz que lá em Brasília tem um candidato chamado Cícero Rola. Aí bolei um slogan pra ele: "Cícero Rola! Este tem cabeça!". E aí na hora do comício fica todo mundo sentado e o Rola em pé! Rarará! Esse ganhou do Clinton. Nóis sofre mas nóis goza. Macaco Simão pra 98! E o povo pra 69! Ônestidade! Ônradez! E Ó Proceis!!!

Eu quero ver o circo pegar fogo!

E o palhaço morrer queimado!!!

23/09/98

FHC 98! O REI NA BARRIGA E PIRES NA MÃO!

Buemba! Buemba! Macaco Simão Urgente! Ereções 98! O Pleito Caído! Acorda Brasil! Que eu vou dormir! O Don Doca FHC tá o próprio grã-fino de porão: o rei na barriga e um pires na mão. E vai ter que vender o pires! Tá lá com aquele pires na mão esperando cair aquela moeda de dólar. PLIM!!!

E eu tô louco pra levar um papo-cabeça com o Oscar. E um amigo meu tá louco pra dar UM TAPA na cabeça do Oscar! E sabe o que o Oscareta do Basquete vai fazer no Senado? Ficar jogando bolinha de papel na cesta de lixo! Rarará!

E sabe qual a diferença entre o Oscar e o Suplicy? Um não tem neurônio, e outro tem, mas demora pra pegar! Rarará!

E atenção! Dia 5 de outubro: Grande Mega Pacotaço! Faltam 15 dias pro charutaço do FHC! Todo mundo levando fumo! Até defunto vai pagar imposto, como diz o NP. E um amigo meu diz que não tem imposto, só levado! E já imaginou como vai ser o Natal este ano? Eu vou dar os mesmos presentes do ano passado: um "cinto muito" do Calvin Klein. E um "terno abraço" do Armani. E pra ceia uma perua. Você come sua mulher e vai dormir!

E temos que aplicar a técnica da Bolsa no São Paulo Futebol Clube. Depois de o time levar o terceiro gol, aciona o circuit breaker. Interrompe a partida por uma hora! Aliás, por duas!

E ontem a Bolsa subiu um pouquinho? Tenho certeza de que a equipe econo-cômica deixou até a mãe como refém lá dentro! E o Pedro Malanta ganhou o prêmio "Destaque Econômico". Você destaca e joga fora!!! Rarará! E não daria pro Gustavo Franco fazer aquela barba? Ou já tá economizando na gilete? Ele já tem cara de matusquela e ainda com aquela barba?!

APERTEM OS CINTOS QUE O PILOTO SUMIU! O Malanta diz que vai aumentar os impostos. Mas aí aparece o porta-jóias do presidente, aquele que tem cara de "nojo de nóis", e diz que não sabe de nada. Mas diz que a função de porta-voz é exatamente essa: ler todos os jornais e depois fingir que não leu! E eu tenho uma grande dúvida: será que o Don Doca FHC vai aguentar o tranco da crise? Ele só gosta da hora do licor. Diz que em todas as reuniões importantes ele só chega pra hora do licor. Aliás, ele já tem cara de licor! Rarará!

E pela televisão aquele desfile de yuppies com testa de tapados: "Porque a ajuda externa, porque o FMI, porque o Malanta...". Ninguém tá sabendo porra nenhuma. E tá todo mundo com o fiofó no ponto. O REAL VIROU PLEBEU! Mas também não precisa ser exagerado como aquele amigo meu que diz que vai guardar um monte de nota do real pra vender pro reciclador de celulose, vulgo catador de papel! Rarará! É mole? É mole, mas sobe!

Enquanto isso o Lulalelé fica dando uma de pastor. Pastor Lula! Com aquele discurso e aquele tom de voz só falta entrar pra Universal!

E diz que tinha lá no Rio Grande do Sul um candidato chamado Antoninho Costa. E inventou um slogan sensacional: "Bosta por bosta, vota no Antoninho Costa". Válido para todos os candidatos. Todos deviam botar um Costa depois do nome. Rarará! Macaco Simão pra 98! E o povo pra 69! Ônestidade! Ônradez! E Ó Proceis!!!! Não é a saúde que tá quebrada. O povo que é hipocondríaco. Vive inventando doença!

E o Covas, o Maníaco do Pedágio? Esse a gente deixa pra amanhã!!! Hoje só amanhã!!!!

24/09/98

O COVAS RONCA MAIS QUE BOXER ALEMÃO!!!

Buemba! Buemba! Macaquito Simão Urgente! Bon jour! Ops, bon juros! E o discurso do Don Doca FHC? Esse tá bem Pinóquio ultimamente! Roubou o nariz do Maluf! E eu acho que ele tá meio xarope: bota o país na beira do abismo e grita "Avança Brasil". CATAPUMBA! Rarará!

E hoje eu vi uma nova profissão na Globonews: especialista em taxa de juros. Apareceu um cara e escrito embaixo: especialista em taxa de juros. No começo do século era limpador de chaminé. Agora é especialista em taxa de juros! E as primeiras medidas do PSTU: paredón pro "poodle" branco da neta do Maluf, desapropriar a camélia Chanel da Hebe e fazer sexo oral no Pau de Açúcar dos Diniz. Rarará. E as lojas já estão dividindo inadimplentes em categorias: inadimplente júnior, inadimplente sênior e inadimplente "platinum gold plus". Esse último é vipérrimo. Deve tá devendo até a coqueteleira da avó!!!

E um leitor foi ao médico pra curar insônia, e o médico receitou um debate entre o Oscareta e o Suplicy! E devido ao charutaço FHC, uma amiga minha vai colar na testa um adesivo: "Não reclame comigo, votei no Lula, no Ciro e no João de Deus". E uma outra me disse que o Ciro Gomes tá parecendo o camelo dos cigarros Camel. Então ele já tem o seu único outdoor na esquina da Consolação com a Paulista!

E quem diz que o Covas não faz nada? Faz sim! Ronca mais que um boxer alemão! E a Regina Duarte diz que o Brasil melhorou, mas mora no Castelo de "Caras"! Não tem um número de "Caras" que ela não esteja no castelo. E diz que a "Caras" tá fazendo um número especial pro ano-novo judeu: "ÇARAS"!

E torno a repetir que os americanos estão sabendo muito antes de nós das medidas da equipe econo-cômica. Você acorda e liga prum americano: "Como é que tá a situação aqui no Brasil?". Como nos tempos da ditadura! E eu achei maravilhoso mesmo o ministro da Cultura da França, Jack Lang, lançar uma lista de apoio ao Pinton. Pena que o John Smith de West Virginia nem sabe o que é a França!

MILITANTE DE PADARIA! A petista da pasta rosa tá fazendo militância na padaria. E é todo dia na mesma padaria. Militância ociosa. Não se dá ao trabalho de mudar de padaria. Até que o balconista disse: "Mas a senhora já falou isso ontem". E o dono da padoca disse: "Hoje o cafezinho é grátis. A senhora falou muito bonito mas eu vou votar no Fernando Henrique". Putzqui! Tá mais fácil descolar um cafezinho grátis que um voto pro Lulalelé!

E aquela biblioteca do Lula no hilário eleitoral. Dava pra fazer uma boa fogueira! Não tem um livro que preste. É estante boa pra burro! Só tem um livro do Neruda que deve ter sido emprestado pelo Chico Buarque. E precisa imitar o Don Doca? Eu acho que petista é tucano com complexo de inferioridade!!!

E a Turma do Malufrango?! O turcocircuito eleitoral: Maluf, Tuma, Garib, Chedid, Mutran, Hassan, Assad, Assaf, Salim e Kassab. Time de futebol de pais árabe! Seleção da Arábia Saudita! E deu na GNT: "Transplante de neurônios!". Só que não aceitam membros da equipe econo-cômica como doadores!!! O REAL VIROU PLEBEU! Nóis sofre mas nóis goza. Macaco Simão pra 98! E o povo pra 69! Ônestidade! Ônradez! E Ó Proceis!!! Vou promover uma farta distribuição de capacetes antipacotaço!!!

25/09/98

VAMOS EXPORTAR SARAMPO PRA ARGENTINA!

Buemba! Buemba! Macaco Simão Urgente! Um leitor me disse que pro Lulalelé ficar mais bonito ele devia pedir emprestadas as sobrancelhas do Brizola! E eu tenho uma amiga que é candidata a despeitada federal. E hoje vou contar a melhor piada de humor negro: transcrever na íntegra o discurso do FHC! Rarará. O Charutaço do Dondoca! Vai todo mundo levar fumo. Vocês entenderam? Até defunto vai pagar imposto. Loira com mais de 30 anos, perna grossa e que chupa manga e mora em Perdizes? 30% descontados na fonte. E por aí vai. Visite o Brasil, o mais novo inferno fiscal. Dá logo a pancada. EU QUERO ESTABILIDADE EMOCIONAL!!!

E a Joyce disse na "Globonews" que vão prorrogar e dobrar a CPMF. Já sei, prorroga, dobra. E enfia! Rarará! E CPMF é o pior imposto porque toda vez que você tira extrato ele aparece: "Ói eu aqui!". É aquele que todo dia te avisa que você é um pato! E vida de brasileiro é assim: IPTU, IPVA, IPGG, IR, IIIIH... Me Ferrei! Rarará! E eu sei em que o governo gastou mais do que arrecadou. Na reeleição! Básico! Elementar, meu caro Watson! O real virou plebeu!!! Amarelou!

E depois desse discurso tenebroso, tudo que aparecer no horário do FHC soa como mentira. A Hora do Pinóquio! E a Globo devia aproveitar aqueles relógios e mudar pra: "Faltam 683 dias pros 500 anos do Brasil e 46 bi pra acabarem as reservas". Rarará. Humor negro! Mais humor negro. Se precisamos diminuir o custo Brasil e aumentar a exportação, tive uma grande idéia: vamos exportar sarampo pra Argentina! Ver os macaquitos todos empipocados!!!

Ereções 98! O Pleito Caído! Aí me apareceu uma caba eleitoral distribuindo santinho do Thame na janela do carro: "Aceita um Thame?". "Obrigado, acabei de engolir um Enéas!". Rarará! E o que a "Farmácia do Povo" do Maluf vai vender? Farinha! Aí você leva pra casa e faz o remédio que quiser! FARMÁCIA DO POVO VAI VENDER FARINHA!!!

E o Covascilante já está inaugurando até formigueiro! Aliás, quando ele não tem nada pra inaugurar, ele abre a cortina e inaugura a janela!

Aliás, um leitor indignado por eu debochar do Covas me passou um e-mail: "E você onde estava quando o Covas estava no exílio?". Extraindo cutícula de unha de lagosta lá em Aruba! Alguma coisa contra?! Rarará! É mole? É mole, mas sobe!

E a Selecinha do Vanderburgo Luxerlei? Um a um. Marcação homem a homem termina pau a pau. E a Selecinha aboliu a entrada de mãos dadas, mas já foi direto pro beijo. Vocês viram o beijo do Vanderburgo no Marcelinho? Beijo ecumênico. Macumbeiro Chic beija Saci Evangélico! Rarará! E se a gente quiser ganhar, o Vanderburgo vai ter que acertar as contas dele com a macumba. Diz que ele tá devendo um terreiro pra irmã mãe-de-santo. E o bom de ter uma irmã mãe-de-santo parecida com ele é que, quando a seleção perder, ele corre pro vestiário, bota a roupa da irmã mãe-de-santo e finge que não é com ele! Rarará! Nóis sofre mas nóis goza! Macaco Simão pra 98! E o povo pra 69!

E essa é a minha plataforma: "Vocês querem frango? Espera o meu pinto crescer!" Rarará! Ônestidade! Ônradez! E Ó Proceis!

E a minha caba eleitoral me disse: "Eu faço o que você quiser, só não me peça pra sair beijando criancinha suja!"

29/09/98

PREFIRO DEBATER UMA BANANA COM NESTON!

Buemba! Buemba! Macaco Simão Urgente! Ereções 98! O Pleito Caído! Faltam cinco dias pra eu quebrar a urna na cabeça do mesário. E o ACM da Alemanha perdeu! E a Farra da Farinha continua. Até a tradicional Botica Ao Veado D'Ouro tá envolvida nos remédios de farinha. Então rebaixa pra Bicha de Prata. E diz que tinha uma bicha telefonista que só atendia assim: "Ao Veado de Ouro, pois não". E aí a pessoa do outro lado gritava: "Convencida! Convencida!"

E falando nisso, cadê o Serra? Até ele é falsificado? Será que ele é de farinha? Ministro da Farinha. Ué, não tem o ministro da Marinha? O Serra é o ministro da Farinha!?

E o debate da Folha/TV Cultura! De tanto debater nada ficou debatido! Prefiro debater uma banana com Neston! E o momento mais emocionante do debate foi quando o Covas bocejou. E o segundo momento mais emocionante do debate foi quando A AUDIÊNCIA bocejou!

E podiam pelo menos ter botado um pôster da Cindy Crawford tapando a cara do Malufrango! E um pôster do Tom Cruise tapando a cara do Covascilante! E eu sou da opinião de que a dentista e a debate só se vai em último caso! Mas o Rossi não precisava fugir.

Não foi! Aliás, foi! Foi pra avisar que não ia. Sensacional. Ele foi até a emissora pra dizer: "Eu vim pra avisar que não venho". Básico! Depois contam piada de português! Aquela que em Portugal confundiram urna eletrônica com microondas e ganhou o bacalhau!!!

E aí deixaram a cadeira vazia do Rossi! A cadeira era de Osasco? Podiam pelo menos ter trazido uma cadeira de Osasco! Tá certo! O Rossi é uma cadeira vazia. Ele queria apenas mostrar: "Olha o que vai acontecer se eu ganhar, uma cadeira vazia!"

E se ele tivesse ido em vez de fugido? Seria um paletó vazio! E o Maluf? O Maluf me deixa em FRANGALHOS! Ele pensa que debate é entrevista. A pessoa pergunta uma coisa e ele responde outra! "Essa pergunta é muito boa e responde outra coisa." Aliás, sabe como faz pra ir comprar farinha na Farmácia do Povo do Maluf? Pega o Fura-Fila! Rarará!

E o Antonio do PSTU? Aquele partido que estrangula poodle de burguesa! Tava maquiadíssimo. Contra burguês, vote no Jacques e Janine. Rarará!

E a Marta? A Hillary dos pobres! Animadérrima! Ao lado do Covas. Uma periquita acesa e um tucano apagado. Nunca vi ficar tão animada pra debate.

Já imaginou o Suplicy querendo cochilar e ela querendo debater? No café da manhã! E a prova mais contundente de que a educação não funcionou na gestão Covas foi que ele mandou o Maluf calar a boca! "Cala a boca!" Xiiiii!!!

E o Quércia com sua cara de padeiro peronista! Ele não tem programa de governo, ele tem um programa predileto: bater no Covas. Pau no Covas! Pra dar pau no Covas ele se junta com qualquer um!

ATAQUE DOS COVEIROS! Um covista me passou um e-mail dizendo que eu debocho do Covas, mas não há nada na sua administração que o desabone. E aí eu respondi: "E nada que abone". Rarará! E um leitor me escreveu pedindo cinqüenta reais emprestados. Defesa antijuros! Uau! Nóis sofre mas nóis goza. Macaco Simão pra 98! E o povo pra 69! Ônestidade! Ônradez! E Ó Proceis. Comida mais barata. Comida com mais barata em cima!

E essa é a minha plataforma: "Vocês querem frango? Espera o meu pinto crescer!" Rarará!

Acorda Brasil!

Que eu vou dormir!

01/10/98

FHC GANHA TROFÉU ROCAMBOLE, SÓ ENROLA!

Buemba! Buemba! Macaco Simão Urgente! Ereções 98! O Pleito Caído! Faltam três dias pra eu quebrar a urna na cabeça do mesário! E quatro dias pro REAL VIRAR PLEBEU! Charutaço FHC! Pra ferrar com o Natal. Um leitor me disse que só vai dar CD pra família. "CDeixa a Barbie pro ano que vem, né, filhinha?" "CDeixa a bicicleta pro ano que vem, né, filhinho?" E pra mulher: "CDeixa de ser besta que eu não vou comprar colar de pérolas porra nenhuma". Rarará!

E deu na Internet que o Lulalelé e o Vicentinho estão lançando "O Manual de Dicção das Lideranças Sindicais de São Paulo". "Liççção sssesssenta e ssseisss: nessssas eleiççções ssiga sssseu coraççço, quem ssssabe é quem ssssente. A sssituaççção essstá péssssima! Asssocccie-ssse ao nossso ssssindicato!"

E sabe qual o resultado dum debate entre o Oscareta e o Suplicy? Nenhum! O Oscar depois do "boa noite" não tem mais nada pra dizer, e o Suplicy depois do "boa noite" não vai ter tempo pra dizer mais nada! E uma leitora quer lançar a campanha "Vamos Encher o Saco do ACM! Reeleja o Suplicy". Já imaginou como fica o saco do ACM toda vez que o Suplicy sobe na tribuna pra discursar?!

COVEIRA ALICIA EMPREGADA DE PETISTA! Esse negócio de emprestar a empregada não dá certo. Uma amiga petista emprestou a empregada pra vizinha e no dia seguinte a empregada veio com essa: "Dona fulana me convenceu a votar no Covas". A empregada foi Marta e voltou Covas!

E os coveiros dizem que o Covascilante trabalhou em silêncio! Então por que ele não vai governar Minas? E o Don Doca FHC vai ganhar no tapetão, e o Itamar, no topetão. E o grande problema do Itamar é que ele dá tédio em natureza-morta! E só se candidata pra fazer fusquinha. Pro Rei-eleito FHC! E diz que o FHC vai ganhar o Troféu Rocambole, só enrola! Com aquela boca de sovaco. "O reaaal, o reaaaaal, o reaaaal."

E os gaúchos vão ter que aturar o Antônio Britto? Com aquele eterno look de porta-voz de defunto?!

E o Malufrango que virou trocador de obras? A "Tolerância Zero" é do prefeito de Nova York, a "Farmácia do Povo" é do Arraes. Ou seja, não perde a mania de se apossar das coisas alheias?! E o Oscareta é contra as drogas, mas vota no Maluf. Já sei, o Maluf foi descriminalizado! Rarará!

E eu estava na Argentina na época da reeleição do Menem quando apareceu na televisão um garçom dizendo o seguinte: "Entre uma porcaria conhecida e uma porcaria desconhecida eu prefiro uma porcaria conhecida". Esse é o pensamento vivo de um reeleitor!

E depois que o Ilmar Galvão, presidente do Tribunal Superior Eleitoral, disse que é indispensável a vitória do FHC no primeiro turno, devemos procurar correndo o Armando Marques pra saber como faz pra chamar juiz do exterior. Que não seja da Argentina!

E agora já estão chamando o TSE de CSE. Cabo Superior Eleitoral. Rarará. Nóis sofre mas nóis goza. Macaco Simão pra 98! E o povo pra 69! Mas uma leitora tarada e assanhada mudou meu slogan pra Macaco Simão pra 98! E o Edson Celulari pra 69!

Vou reduzir o IPI do vibrador. E da pilha também. Porque vibrador sem pilha é como amante eunuco. Ônestidade! Ônradez! E Ó Proceis!!! Querem frango? Esperem o meu pinto crescer! Rarará!

04/10/98

HOJE EU TECLO, CONFIRMO E AFOGO O GANSO!

Buemba! Buemba! Macaco Simão Urgente! Ereções 98! O PLEITO CAÍDO! Hoje o Brasil reelege o rocambole, aquele que só enrola. Diz que o Rei-eleito FHC vai refazer um governo nota DEZ. DEZempregados, DEZinformados e DEZgraçados. E quem quiser mudanças que procure o Expresso Já Vai!

Hoje o Brasil reelege o FMI. Só quero ver na hora de pagar. O famoso Pay Day. Pay Day no FMI! Rarará! Moratória Já! E uma amiga minha disse que vai votar no Don Doca FHC "porque ela quer uma coisa assim meio chic". O Brasil é muito chic mesmo. Só tem mendigo! E o Ciro Gomes é 23. Escapou por um tris. Mais um sopro e caía no 24!

E a petista da pasta rosa acordou cantando: "Meu pleito caiu". E o FHC 98! Aperta o quatro e aperta o cinto. Aperta o saco e aperta o pinto! Acorda vagabundada! Todo mundo votando. Ai, que preguiça! Primeiro tem que procurar o título que deve estar embaixo do CIC, rasgado no meio e num envelope escrito Documentos Importantes. Na última gaveta, que tá emperrada! Não dá pra votar por telepatia? Ué, não tá todo mundo votando por apatia? Eu quero por telepatia!

Só não pode vencer o meu desodorante. A "Caras" vai me fotografar votando. Pro Estilo Eleições. Se fosse Estilo Ereções eu punha o pingolim pra fora e botava uma gravatinha preta na ponta. Black-tie! E já imaginou se o PSTU me pega posando pra "Caras"? Ia carimbar na minha CARAS: contra burguês PÁ vote 16!

E eu vou demorar umas 30 horas votando. Quem tiver atrás de mim tá ferrado! Ou você acha que eu não vou ver a cara de todos os candidatos? Eu quero ver se o Covas continua dormindo e se já botaram a focinheira na Havanir! E se o Lulalelé tá usando as sobrancelhas do Brizola!

Só não quero ver aquela boca de sovaco do Fernando Henrique. Diz que toda vez que tecla e aparece a cara dele você já paga imposto. O CPMF vem descontado no título! CPMF, Contribuição Pras Mordomias do Fernando!

E o que o Lulalelé vai fazer? Passar quatro anos reciclando o material de campanha. Tirando o 98 e pintando 2002! Passa quatro anos sem fazer nada e depois vem prometer emprego PRA MIM?! Eu não quero emprego, eu quero férias. Rarará! E uma outra amiga minha disse que vai votar no Aloísio Mercadante só por causa do bigodón. Quer votar sentindo cosquinha! Rarará!

E com a urna eletrônica ANULARAM O VOTO NULO. Não dá mais pra escrever “filho duma quenga”, “abaixo a repressão” e “fora Rede Globo”. Uma amiga minha queria escrever “Guevara Dura”. Guevara dura até hoje!

E aí um correligionário falou pro colega “Sua mulher tá transando com outro.” Aí ele foi ver e disse: “Mas não é com outro, é com o mesmo”. Chega dos mesmos. Rarará. Nóis sofre mas nóis goza. Na República das Bananas vote no Macaco Simão! Ônestidade! Ônradez! E Ó Proceis! Comida mais barata! Comida com mais barata em cima!

Vou liberar o topless e a briga de galo! E ainda privatizo a Globo. E estatizo o Lula! E a minha principal plataforma: Vocês querem frango? Espera o meu pinto crescer! Rarará!

Olha Xarutaço FHC! Cruuzes! SOCORRO! Ai que saudades do Sarney e da gonorréia. Ambos tinham cura! Rarará! O PLEITO DESABOU!!!

Acorda Brasil!

Que eu vou dormir! ATÉ 2002! Quatro anos passam depressa!

MACACO SIMÃO PRA 98!
E O POVO PRA 69!
ÔNESTIDADE! ÔNRADEZ! E Ó PROCEIS!

PICADINHO DE POLÍTICO

04/02/94

BOMBA! BOMBA! OS XIITAS ESTÃO CHEGANDO!

Companheiros, já entendi o Programa do PT: vou ter que dividir um beliche com a Mancha Verde! Rarará!

Zé Genoíno, Zé Dirceu, Aloísio Mercadante e senador Eduardo Suplicy, socorro! Os xiitas estão chegando! E os simpatizantes indo embora! Tô lendo o Programa do PT! Ai que medo! E olha que eu nem sou dono da Globo, só assisto! Rarará! Não precisam tentar derrubar o Lula. O Programa já derrubou. Como diz uma amiga: "Já não sou mais companheira, agora sou só simpatizante". E a outra: "Já não voto mais só pela confusão que vai dar".

E vão quadruplicar o soldo dos militares? Como disse o Ciro Gomes: isso é tentativa de suborno! Rarará! Pra botar esse programa retrógrado e totalitário na rua só com tanque!

E tem um item que deve ser comigo: "Obrigatoriedade de criação de Comissões de Redação em toda e qualquer empresa de comunicação". Ai que medo! Já me vejo diante de uma mesa bem comprida com um monte de radicais xiitas, aqueles criados em cavernas com as sobrancelhas grudadas e tufos de pêlos saindo pela orelha e a minha coluna passando de mão em mão. E todos me xingando de palhaço da burguesia! Rarará! "Hoje sua coluna não sai, o desenvolvimentista burguês da hegemonia capitalista vigente no governo popular contra o Fasanno e o programa da Hebe." Rarará! Tá no ar mais uma calúnia do Macaco Simão!

E pode ir pra Miami? Não! Miami é o Morumbi de Cuba! "O governo democrático e popular lutará em todos os foros contra o bloqueio de Cuba." A Cuba de Collor, da Lilibeth e do dr. Marinho. E é inacreditável o diálogo entre Collor e Rosane em Cuba. Transcrevo da revista "Caras":

Collor: "Estamos enamorados".

Rosane: "Apasionados, né meu amor? Outro dia na praia ele me fez uma declaração linda: 'Quinha, seus olhos estão lindos, da cor do seu biquíni'. Eu estou apaixonada, e você, Quinho?"

“Tô. Claro! Quinha.”

Quito e Quinha? Deve ser corruptela de ladraquito e ladraquinha. Rarará. Bem romântico. É mole? É mole mas sobe! Quem fica parado é poste!

14/03/95

PÉRSIO ARIDA EM 'PHDEU TUDO ERRADO'!

Oba! Agora vou ter bastante assunto. Já estrearam nas telas "As Minhas Próximas Vítimas"! Rarará! Rarará!

Bomba! Bomba! Noticiário do Macaco Doido! Uma amiga minha definiu o Edmundo como "mens insana in corpore tesudo". O PT lança o cartão Ao Militante Moderno. O "The Economist" lança a definição do Pérsio Arida: "O economista de hoje é o indivíduo que vai saber explicar amanhã as previsões erradas que fez ontem". O mercado está tranqüilo. E uma galinha foi estuprada no Piauí!

É verdade, um leitor do Piauí me manda uma reportagem hilária do jornal "O Dia" — "Maníaco mata uma galinha estuprada em Lagoa Alegre". O tarado praticou a zoofilia no último domingo! E uma amiga minha animada com a ação do zoófilo agora só vai pro Piauí fantasiada de Galinha Azul!

Num país em que ainda estupram galinhas como é que podem falar em assédio sexual? Só se for em filme do Mazzaropi! Rarará! E adorei o crédito da mulher que deu queixa: cunhada da dona da galinha estuprada! Embaixo do pé de caju! E a população não dorme tentando flagrar o tarado nos poleiros! É mole? É mole mas sobe! Menos em poleiro!

E o Arida chega e diz: "Errei". Em US$ 8 bi! Só?! E o Nassif escreve: "O xerife não piscou". Se tivesse piscado seria 16. Rarará!

PhDeu tudo errado! O mercado está tranquilo. Só tiveram 32 leilões. Nunca no Brasil se gritou tanto "quem dá mais". Rarará. Semana pós-Carnaval — quem deu mais?! Aproveita e leiloa as bibliotecas dos tucanos. Não serve pra nada. Só pra turma do papel reciclado. É muito PhD, mas devem ter o primário malfeito!

Pior um amigo meu que passou um ano lendo textos de economistas tentando entender o sucesso do México! Rarará! Bem que eu avisei pra ler o Gabriel García Márquez! Ou a Turma da Mônica!

E diz que avisaram o Cavallo antes do mercado brasileiro por mera gentileza. Por que não foram gentis comigo? Rarará! Nóis sofre mas nóis goza! E gostoso! Uau!

E as enchentes? Segundo o Conde, não aconteceu praticamente nada. Então cala a boca e NADA! Rarará.

E o Pitta, que tá regulando papel higiênico pros funcionários. Outra contradição. Como é que o Pitta regula papel higiênico se o governo dele é uma merda? Rarará!

E amanhã ainda tem o aniversário da cidade. São Paulo foi fundada há 444 anos e afundada há dois. Com a posse do Pittanic! E pra comemorar ainda vai ter a inauguração de uma grande obra: buraco com carro dentro! E São Paulo não pode parar. Porque não tem estacionamento. E não pode andar por causa do engarrafamento. E é a única cidade onde abunda Pitta.

O Pitta com um quipá branco parece uma caneta Mont Blanc.

Pro Covascilante, o Maníaco do Pedágio! Que só inaugurou pedágio! Um leitor me disse que, pra visitar a mãe, ele tem que passar por três pedágios. Mas como disse aquele tucano: visitar a mãe é coisa do antigo regime soviético. Rarará. Nóis sofre mas nóis goza. E gostoso!

Diz que a situação tá braba porque no governo tucano FHC só tem PhD. Picaretas High Degree!

E aí a pesquisa falou pro Lula: Só isso, companheiro!?

E o ministro dos sem-trabalho que já na posse disse que "Não há crise de emprego", mas "tendências preocupantes". Bem tucano. Tucano chama "fome" de "estômago em estado de vácuo". E eles nunca dizem que tá tendo "recessão", mas apenas "desaceleração do aceleramento". Os trucanos, só no truque!

E hoje começa a megaliquidação nos shopings, "Liquida São Paulo". Promoção: Celso Pitta.

Pro Lula ser aceito pelos americanos só botando um rótulo em cima do programa: No Colesterol! Aliás, No Colesterol, No Smoking, No Dogs. No No No!

E devido ao alto índice de analfabetismo a cédula eleitoral devia ser como na África do Sul. Com as fotos dos candidatos. Aí a gente colava a cédula eleitoral no poste e escrevia embaixo: "Procura-se! Wanted!". Rarará!

"Inércia por inércia vote em Quércia".

Político é como guarda-roupa. Não fica bom em lugar algum.

O que é o Sarney e ACM abraçados? Um coronel de duas cabeças. Rarará!

E sabe por que o Itamar ficou tão popular depois do Collor? Porque depois de uma natureza porca nada como uma natureza morta!

E o Itamar, o Topetudo por Dinheiro, perdeu a cidadania mineira. Não come e nem fica quieto!

"Maluf@Mais.Faz". tradução: Maluf arroba mas faz! Rarará!

E diz que se as obras do Maluf fossem boas ele não ficava passeando de helicóptero.

E essa não: o Malufão confessou que já mentiu. Grande novidade!

E corre uma piada que o PT tá processando o Serra por assédio sexual. Porque ele tá encostando na Erundina! Primeiro que encostar na Erundina não é assédio sexual. É um ato de coragem, BRAVURA SEXUAL! Rarará.

E travesti adora votar no Maluf porque ele só abre avenidas. Amplia o mercado de trabalho. Delas!

E o Serra é tão elegante que continua em terceiro. Não fura fila! E diz que o Serra já mandou cortar o rabo do cachorro dele. Não suporta manifestação de alegria!

E o ultrágico político do PFL com aquela vozinha de documentário: "A Bahia é a terra dos orixás. E também do Antonio Carlos Magalhães". Errado. A Bahia é a terra dos orixás e entre eles Antonio Carlos Magalhães. O Santo Antonio Malvadeza. Rarará.

Diz que o Fernando Morais já tá escrevendo a biografia do Maluf "Minha Vida É uma Esfiha Aberta".

E saiu na *Contigo* os Planos de Meta do FHC: ajudar o sistema financeiro, ajudar o sistema financeiro e ajudar o sistema financeiro. E um amigo meu vai vender todas as vacas e aplicar no sistema financeiro. E o povo que coma CDBs. Rarará!

Para os americanos a capital do Brasil sempre será Buenos Aires. Como dizia aquele argentino: "O problema é que vocês nunca tiveram uma Evita Perón". Em compensação, eles nunca tiveram uma Hebe. Rarará. O Brasil não é a Argentina. Acá nosotros sofremos pero nosotros gozamos!

Lulalelé e Brizolão, candidatos da rrerejeição!

Dona Meméia Pitta festeja o Halloween!!!

Buemba! Buemba! Macaco Simão Urgente! God Save the Queens! Hoje mais algum ministro britânico assumiu que é gay? Desse jeito o gabinete do Blair vai virar um gaybinete! Por isso que se chama Terceira Via? O Gaybinete da Terceira Via! God Save the Queens!

Candidatos gays a vereadores se reuniram em Salvador e chegaram à conclusão de que: toda cédula escrita "viado" ou "veado" é voto pra eles. Rarará!

E sabe o que eles fizeram para evitar assaltos nos caixas eletrônicos? Sei, aumentaram a segurança. Não, limitaram o valor dos saques. Tabelaram o valor do roubo. Mas a melhor idéia ainda é a do Serra: abrir o caixa 24 horas apenas por duas horas. Caixa 24 horas só abre duas horas. E depois a gente ainda debocha de Portugal.

E o Gabeira mandou dizer que até as velas das caravelas do Cabral eram feitas de maconha. Por isso que ele saiu pras Índias e acabou batendo no Brasil? Rarará!

E o Sinistro do Planejamento Kandir diz que não foi confisco da poupança, mas "uma decisão dentro dum contexto inserido num momento específico". Entendi. Maravilhoso! É a mesma coisa que chamar xoxota de nigérrimo e pilosíssimo triângulo pubiano. Rarará!

E diz que um estilista hype encontrou com a Erundina no aeroporto: "A senhora tem que dar um tapa no visual, melhorar a imagem, vestir um tailleur rosa de poliéster, um tailleur chiquérrimo". E a Erunda: "Ô, meu, tá pensando que eu sou viado?". Rarará! Sensacional.

Uns metaleiros pegaram o logotipo da banda Iron Maiden e fizeram uma camiseta escrita "IRON DINA". Rarará!

Covas é o Maníaco do Pedágio!

E a Neusa que trabalha aqui em casa falou que estão dizendo na rua que se o Lula ganhar ele vai ser como o Saddam Hussein, presidente de Cuba. Ufa! É mole? É mole mas sobe!

Rafael Greca! O Rei Momo chegou!!!

E o Zé Serra no Roda Viva: "Não vejo nenhuma fase penosa no plano". Não vê fase penosa no plano? Quer dizer que acabou a galinhagem? Rarará! Aliás, depois do Serra o programa muda de nome pra "Enrrola Viva".

Slogan de um candidato gay do Cariri:
"Não sou eu que sou diferente, os outros é que são iguais".

E o Antonio Britto continua com aquele look de porta voz de defunto!

Minas não tem mar mas tem o Itamar que faz muito mais ondas!

Grecca é o borbofante: cérebro de borboleta em corpo de elefante!

Grampogate! Os Barros vão mas a lama fica!

Para explicar o efeito Itamar:
em castelo de areia quem peida é sempre o culpado!

O Pitta devia ganhar a medalha de "honra ao meretrício"
por transformar São Paulo numa zona!

E o Zé Serra, o Vampiro Brasileiro, diz que tá pondo a saúde nos trilhos.
Agora, só falta o trem passar por cima!

E na França destruíram uma loja de McDonald's exigindo que eles usem o produto nacional, o queijo roquefort, o Big Mac Roc. E em Poços de Caldas, acabou de abrir um McDonald's, e os mineiros exigem um Big Mac Minas. Com queijo de Minas. Chama o Itamar! O Topetudo Por Dinheiro. Se ele ressucitou o fusca e quer desviar os rios, será que ele não consegue colocar uma fatia de queijo Minas no Big Mac? O Big Mac Uai! Rarará!

Novo secretário de Pitta preso no dia da posse. Isso é que se chama de prisão preventiva!

E o que eu acho do Itamar? Pra mim, não sendo tucano, tudo é válido. Rarará!

E o ministro da Doença? O Zé Serra, o Vampiro Brasileiro, foi comprar Losec e achou muito caro! E aí abaixaram o preço imediatamente: de R$ 72 pra R$ 58. Que ódio! Só baixam o preço dos remédios que o Serra toma? Das duas uma: ou você tem que ter a sorte de ter a mesma doença que ele, ou pedir pra ele ter a mesma doença que a sua. Como disse uma amiga minha: "Não dava pro Serra ter uma inflamação no útero?". Rarará!

O Serra é tão atuante que se ele sonhar que trabalhou, acorda exausto! Rarará.

E do jeito que tá a segurança de Covas em São Paulo a Jovem Pan vai ter que trocar aquele adesivo "Já fui assaltado" por "Já fui assaltado de novo!" Rarará!

E o Collor que não me venha com esse tal de "minha gente" que a minha gente aqui de casa é humilde, porém limpinha. Rarará!

E o Covascilante diz que vai resolver o problema da Febem nem que seja pra MORAR lá! Então ele não vai resolver. Vai AGRAVAR! Rarará!

E o partido do Ciro Gomes que se chama PPS:
Patrícias, Patrícios e Simpatizantes! Rarará!

E aí o Covascilante pegou aquela música do padre Marcelo e transformou no hino de São Paulo: "Erguei as mãos que isso é um assalto".

E aí o Zé Serra, O Vampiro Brasileiro, lançou a campanha:
"Seja homem, examine a próstata".
E aí o ACM examinou só pra provar pro Serra que ele é homem. Rarará!

E quer ver tucano paulista ficar apavorado? É só gritar
"Ciro Gomes vem aí". E muito bem acompanhado.
Aliás, como diz o outro: "Você acha que um cara que dorme com a Patrícia Pillar vai ter tempo de fazer sacanagem com a gente?"

E o tesoureiro da campanha é dono da mala Le Postiche.
O tesoureiro já vem com a mala? E já imaginou o discurso do Ciro?
"Patrícios e patrícias, pochete só da Le Postiche."
E o Mangabeira Unger é mala com sotaque, Samsonite!

E diz que a nova campanha do Serra, o Vampiro Brasileiro, é contra o rock.
Porque contaram pra ele que depois do sexo e das drogas
vem o rock and roll. Rarará!

E aí uma professora perguntou pro neto do ACM, apontando a régua pra Bahia: "Sabe que região é essa?". "Sei, é a fazenda do vovô!"

Brasil melhorou no ranking mundial da corrupção. Impossível.
Devem ter subornado quem fez a pesquisa. Rarará.
Com o Maluf, o Pitta e o juiz Nicolau no ataque, esse título é nosso!

SEXO, SANGUE E BACONZITO COM COCA-COLA

Buemba! Buemba! Macaquito Simão Urgente! Vagabundos e vagabundas! Um leitor me disse que, se a mulher for feia, você tem que tomar um Viagra e um uísque. E, se a mulher for muito feia, tipo bagulho, você tem que tomar um Viagra e DEZ uísques.

E um outro me disse que vai botar Viagra no contracheque pra ver se o salário sobe. E diz que quem toma Viagra falsificado fica com vontade de dar pra trás. Isso é coisa de Viagra.

E como disse um amigo meu pra mulher dele: "Agora pode voltar pro tanque que já é dia 9!" E aí um outro no Dia da Mulher disse que a dita-cuja se deitou na cama, fez um strip, e ele, pra acompanhar, foi tirando peça por peça. E dando pra ela lavar! Rarará!

O Gala Gay é o recenseamento do travesti brasileiro. É o IBGE das bichas!

E aí eu perguntei prum amigo como andava sua vida sexual: "Todo dia, três. Todo dia três eu dou uma".

E um velhinho tomou Viagra, ficou com o membro ereto e a velhinha gritou: "Oba! Vamos dar uma transada?". "Que transada, o quê! Vou pro clube mostrar pros meus amigos."

E saiu o Viagra rural: bota um milho no umbigo que o pinto sobe pra comer. Rarará.

E uma amiga minha foi preencher um formulário pra emprego e no quesito "sexo", ela escreveu: uma vez só, em Porto Seguro! Rarará!

E sabe a diferença entre medo e pânico? Medo é quando, pela primeira vez, você não consegue dar a segunda. E pânico é quando, pela segunda vez, você não consegue nem dar a primeira.

E aí estava uma mulher fazendo o censo no Nordeste quando viu um homem com oito filhos: "Nossa, o senhor tem uma prole desenvolvida". "E grossa!", respondeu o homem.

E lá em Fortaleza estão vendendo Viagra num supermercado chamado A Casa do Frango! Mas a festa é na casa do peru! Rarará. É mole? É mole mas sobe! E agora com garantia de laboratório multinacional!

E aí um leitor me disse que tomou um Viagra uma hora antes da transa, como recomendado, mas a esposa ficou presa no trânsito. Aí ele ligou pro médico: "Posso tomar o segundo?" "Pode!". E nada da mulher chegar. Aí ele ligou pro médico: "Posso tomar o terceiro?". "Não!". "Então o que eu faço?". "Descarrega na mulher mais próxima." "Pô, doutor, pra comer a vizinha eu não preciso de Viagra!"

E um amigo meu foi para Lisboa e transou com uma portuguesa. Na hora agá, ela ficava gritando: "Fura-me! Racha-me!" Rarará. Aí, ele caiu na risada e brochou. E um surfista amigo meu foi transar com uma paulista do interior, e, na hora agá, ela gritou: "Carca, bem! Caaarrrca, bem!".

E aí eu perguntei pruma amiga qual era o homem ideal. "Sendo homem já é ideal", respondeu ela. E uma outra me disse que o homem ideal é qualquer um às quatro da manhã. E uma outra me disse que homem ideal é qualquer um contanto que não coma a empregada. Rarará!

Diz que um ministro da era Vargas estava se masturbando no gabinete quando entrou a filha gritando: "Pense em mamãe!"

E um outro estava trancado no banheiro com a "Playboy" quando a mulher entrou. E ele disse: "Poxa, bem, você não morre mais". Rarará!

E os Kennedys então? Diz que os membros da família Kennedy que mais fizeram sucesso foram exatamente OS MEMBROS da família Kennedy. Só não transaram com a secretária eletrônica pra não morrerem eletrocutados.

Descobri que existe uma associação feminista com sede no Peru. Com sede ou sêde? Rarará. Aliás perguntaram pruma amiga minha o que ela fazia quando tava com a mão na frente outra atrás. "Tiro a da frente".

E acaba de sair o mais novo e moderno método anticoncepcional: o cara que não quer mais ter filho só transa com a cunhada. Aí só tem sobrinhos!

E como disse uma amiga: "Em matéria de sexo eu sou xenófoba.
Só dou pra brasileiro". E uma outra diz que
só dá pra brasileiro dependendo do argentino. Rarará!

Ai Minha Santa do Bigode Loiro! Ontem foi o Dia Delas!
Dia internacional da Mulher. O Xota's Day. Day, Dou e Darei! Forever!
Rarará! Elas querem é poder! Com ph? E quem não quer?

E como me disse uma nordestina: pênis é um pau quando mole.

E deu numa pesquisa americana que 30% dos homens são gays. Ou seja, você conta de três em três: de cada três um é. Aí uma amiga casada com dois filhos gritou: "Então eu tô com um aqui em casa!"

Bomba! Bomba! Que não é de Minas! Bofarada cuidado! Já inventaram a pereca elétrica. Pra incendiar o mercado! Uma sexologista de Curitiba foi lá no Jô e disse que a perereca na hora do orgasmo solta uma eletricidade de 240 mil minivolts. E o pingolim sai torrado?! Pingolim torradinho! Isso não é uma perereca, é uma torradeira! Agora na hora de transar tem que perguntar: "É 110 ou 220?". Rarará! E no tempo da perereca elétrica ainda tem muita perua com perereca a lenha! E diz que se juntar cinco pererecas acende uma lâmpada. E aí a sexologista usou uma expressão hilária: "Elevador anal". Com ou sem ascensorista? Perguntou o Jô. Rarará! Nóis sofre mas nóis goza. Aliás, depois dessa é nóis sofre mas nóis torra! Rarará!

E tem uma amiga minha que anda tão apavorada com a Aids que desistiu do sexo a dois. "Agora só faço justiça com as próprias mãos." Rarará!

E como diz um amigo meu a Thereza Collor é tão gostosa que dá vontade de botar uma carroça e começar a lamber pelo burro. Rarará! Por isso que Four Days Diet emagrece. Quatro dias pensando na Thereza. A imperatriz do amor e do pecado.

E um outro me disse que a Carla Perez não tem carisma. Tem bundisma.

E eu já contei que o sonho de toda onça é ter um casaco de pele de puta?!

Pênis padrão do brasileiro é 14 centímetros.
Só espero que não seja mais uma medida provisória. Rarará!

E sabe o que a Divine Brown pensou quando viu o pingolim do Hugh Grant? Apesar de pequeno vejo um grande futuro pela frente.

E eu tenho uma amiga que de tão encalhada colou um adesivo na testa: "Tô dando". Rarará!

E vou terminar citando aquele chinês: não xo casado, xo xoteiro.

A pior coisa de ser homem é não poder ficar grávido do Ronaldinho!

A Milene do Ronaldinho bateu a Mitsubishi:
já tá garantida até a Copa de 2100.

A pior coisa de transar com uma pessoa pela primeira vez
é que você tem que encolher a barriga.

E eu tenho uma amiga que está há tanto tempo sem transar que nem lembra
mais as posições: e aquela perna aonde eu colocava mesmo e
o braço passava por onde mesmo?!

Depois dos 50 não é mais na cama com Madonna,
é no sofá com o cachorro!

Sabe o que o Batman faz quando olha pro Robin?
Pega o batmóvel, vai pra batcaverna e bat uma!

Passei o fim de semana no Ceará e tive uma vida sexual intensa:
comi dois caranguejos!

Perguntei pruma amiga cearense o que ela faria se tivesse pau:
"Comia um caranguejo", respondeu ela!

Perguntei para um amigo o que ele faria se fosse filho da Madonna.
"Mamaria até os 21!", respondeu ele.
Todo mundo queria entrar por onde a menina saiu!

E tem aquele outdoor "Melhor que Omo só Omo".
Aí uma tarada pichou "Melhor que Omo, só Homem".
E aí um gay pichou: "Melhor que Omo, só Homo".

E aí diz que encontraram um papagaio fazendo o trottoir de batom e minissaia. "O que é isso, louro?". "Ah, cansei de dar o pé!"

E em São Francisco tem tanta sapata que lá elas comemoram o Dia Internacional da Minha Mulher!

E saiu o corno Oscar: pega a mulher com outro na Central do Brasil e ainda acha que A Vida É Bela!

E aí diz que a polícia estourou a boate duma bicha e o delegado gritou: "Qual o seu nome, viado?". "Viado não, artista plástico!"

Qual a diferença entre transar com o Papa e o marido?
Transar com o Papa é pecado e transar com o marido, milagre.

E diz que um cara falou pro amigo que sua mulher estava com outro. Aí ele foi, olhou e disse "Mas não é com outro, é com o mesmo". Rarará!

E um cara botou um anúncio: "Procuro esposa".
E recebeu milhares de respostas: "Pode ficar com a minha".

Olha o diálogo de dez anos de casamento:
"Amor, me diz uma coisa gostosa?". "Torresmo!" Rarará!

E uma amiga minha mandou o marido anunciar o pingolim no caderno de imóveis: "Vendo imóvel com pouco uso".

E uma amiga minha pra excitar o marido se fantasiou de odalisca, e aí o marido: "Não era pra ficar com cara de feiticeira, era pra ficar com O CORPO da Feiticeira!".

E sabe qual a vantagem de se casar com uma loira? Estacionar na vaga para deficiente mental. Rarará!

E sabe como uma patricinha sai do motel? Toda metidinha. Rarará!

TELEVISÃO

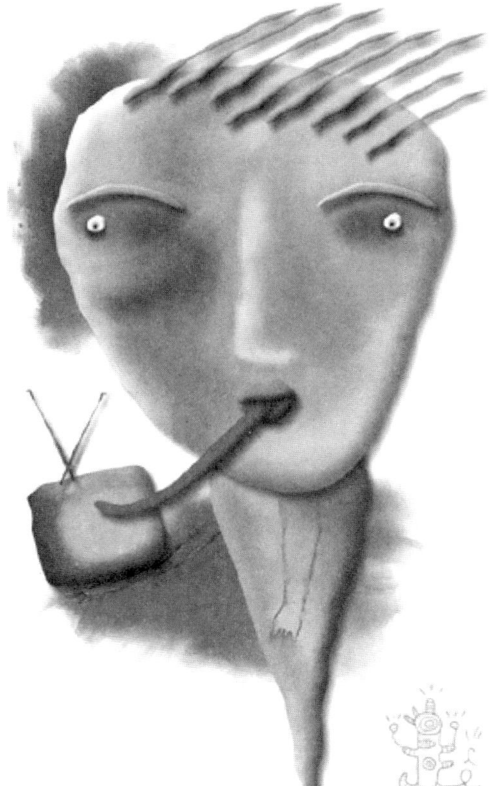

E a Carla Perez na estréia do Otávio Mesquita aos domingos diz que quer ampliar os negócios? Mais? Se ela amplia o negócio a gente morre soterrado! E ainda diz que vai partir pra carreira solo. Solo? E a bunda, ela deixa aonde? Rarará!

Atenção! Jabor no Oscar! Quem? Ah, é medíocre! Aquele? Ah, é um canastrão! Aquela? Ah, é gostosa! Aqueles? Ah, são uns babacas! Eu? Ah, sou o máximo! Rarará. Ai, meu Deus, que delícia!

E sabe o que eu vi na TV? Um psiquiatra para desempregados. E como é que ele recebe? Rarará.

E é tanta sujeira nos telejornais que o âncora da Band falou: "Agora, para amenizar, vamos mostrar uma corrida de avestruz em Sorocaba". Corrida de avestruz em Sorocaba? Mas não era pra amenizar? E um outro me disse que a Carla Perez não tem carisma. Tem bundisma.

E diz que a Globo tá louca atrás do anãozinho da "Ilha da Fantasia" pra comandar o "Jornal Nacional"!

E a Adriane Galisteta disse que sua vida deu uma guinada de 360 graus.

E no estádio em Fortaleza, na hora do hino nacional, PUFF! Apagón! Blecaute! Privatizou, apagou! Meia hora de blecaute! Sabe o que significa isso? Meia hora de Magdo Galvão Bueno SOLO!!! Desgraça dupla!

LOUREBE CAMARGO LANÇA CD! Só falta lançar foguete.
E as músicas são tão românticas que a Astrid disse que o CD devia se chamar "Música para trepar Volume 1". E a Rita Lee e a Lourebe ralaram um coco forte no Palace: beijo na boca e mão na bunda. Aliás, diz que a bunda da Hebe ainda tá durinha. De frente! Rarará!

Buemba! Buemba! Macaco Monkey Simão Urgente!
Sabe por que a Carla Perez parou de cantar?
É que ela caiu, bateu com a bunda no chão e machucou as cordas vocais!

Aliás sabe quais os dois maiores atributos da Vera Fischer?
Sei-os! De fora!

Aliás, sabe por que sertanejo só se apresenta em dupla?
Porque um sabe ler e o outro escrever.

E a Turma do Casseta disse que o único efeito colateral da maconha é quando a polícia chega! Rarará!

E já tem uma piadinha que tenho certeza que o próprio Tim iria adorar:
"Tim Maia morreu! Mas Não Foi!"
Como aquele cara que ganhou um ingresso pro show do João Gilberto com o Tim Maia e gritou: "Oba! Eu também não vou!". Rarará.

E uma leitora me confessou que também assiste ao Ratinho escondida.
Diz que é como trepada proibida. Sempre jura que é a última vez.
Nóis sofre mas nóis goza! E gostoso! Vai indo que eu não vou!

Ratinho é o telecatch de baixa renda.

E como a MTV abriu uma filial em Belo Horizonte
se mineiro come em silêncio?

Marlene Mattos é o bugre do milênio.

A Hebe vai acordar de TPM, Tensão Pré-Maluf!

E o Luciano Huck quando foi contratado pela Globo acordou de TPM.
Tensão Pré-Marluce!

Temos que privatizar a Miriam Leitão!

Otimista é um pessimista que assiste o Jornal Nacional!

O Jornal Nacional só seria nacional se passasse nos Estados Unidos.
Só tem matéria americana. Eles compraram todo o lixo da CNN:
"Babá despenca da escada em Ohio".
"Aposentados se aposentam em West Virginia".

A Anameba Brega é mais animada que uma lesma anestesiada!

E como diz a Anameba Brega: O Abdominável Homem das Neves!
E como diz a Adriane Galisteu: é tudo culpa da globalização naquele filme Faroeste Gump! E eu vou criar o OLS, Oxigenas, Loiras e Simpatizantes!

Diz que o Arnaldo Antunes faz música de vanguarda
e a Carla Perez de retaguarda!

CD da Tiazinha é meio bunda!

E a penúltima da Carla Perez: "De onde está falando?".
"De Blumenau." "Mais um gaúcho?".
Ainda bem que o programa se chama Fantasia e não Geografia.

E uma amiga minha querendo excitar o marido se fantasiou de Tiazinha e o marido: "Da cintura pra cima você tá parecendo o Zorro e da cintura pra baixo com o Sargento Garcia".

Contagem regressiva para o Oscar. O Renato Machado já começou a fazer pose de pinguim de geladeira e o Rubens Ewald batendo o pancake no liquidificador. E quando é que vão passar o Oscar no horário do Brasil.
É sempre assim: melhor atriz, 3h30 da manhã.
Sendo que às 3h30 da manhã qualquer mulher é uma grande atriz!!

Fórmula 1! O Rubinho Barriquebra devia correr de táxi e o Pedro Paulo Diniz devia dirigir carrinho de supermercado. Por tradição familiar!

Xuxa pra presidente e Marlene Mattos pra ACM!

E uma amiga minha vendo o monumental apartamento da Tiazinha na *Veja* disse preocupada: "E como será que ela paga o condomínio?".
Fácil, ela se vira. Rarará!

Descobri onde a Carla Perez aprendeu a falar iscola.
Com o Chico Bento. Ela aprendeu a ler com o Chico Bento!
E depois ficam falando mal da menina!

E reparou como o pessoal da Globo tá INTERTREPANDO
cada vez melhor?

E mais um capítulo do "Ronaldinho bom de cama e ruim de grama". Ronaldinho não amarelou e vai ser papai. No campo ele bate na trave, na embaixadinha é na rede e com bola e tudo! E quando a Milene ganhou na Megasena e pegou o Ronaldinho, um leitor me disse que temos de rever o conceito loira burra. Já sei, toda loira burra tem uma periquita inteligente.
Mas aí a Milene declarou: "Ainda não escolhemos o nome e nem o sobrenome do bebê". A periquita pode sr inteligente,
mas o cérebro loiro ainda predomina!

E agora o Caetano canta em italiano, a Zizi Possi canta em italiano e o Jerry Adriani canta em italiano. O Brasil virou uma grande cantina?
E eu, como libanês, protesto. Agora quero uma novela sobre a turcaiada, "Esfiha Nostra". Com Maluf no papel principal.
E o Pitta como Escrava Isaura. Rarará!

E diz que a Milene Ronaldinha já está reclamando do assédio da imprensa.
Já sei, tá reclamando de barriga cheia. Rarará!
E sabe como vai chamar o filho do Ronaldinho? Amarelinho! Rarará!

E até a Suzana Werner vai lançar um CD: CDeu mal! Rarará!

E o Barriquebra chegou em terceiro?
Já sei, a corrida só tinha três carros.

E avisa a Globo que Terra Nostra é o que um executivo do FMI fala pro outro quando chega no Brasil!

E a Tiazinha nas "Aventuras da Tiazinha" não consegue nem falar "Todos ao ataque". Primeiro, ela grava falando "todos", depois "ao" e depois "ataque". Todos ao ataque!
Aí eles montam errado e fica "todos ataque ao".

E o "Trepa Nostra"? A Globo acha que italiano só sabe fazer duas coisas: ser quente na cama e cantar. Ou seja, canta em cima e canta embaixo. Rarará! E eu nunca vi tanto crepúsculo!

E mais uma sensacional da Tiazinha em "Aventuras da Tiazinha". O violão lança um raio sônico zuuuumm na coitada e ela em desespero grita: "Socorro! Ele está destruindo o meu cérebro!". Rarará!

E a melhor frase do ano fica com a Tiazinha em "Aventuras da Tiazinha". Quando ela diz prum personagem: "Fica quieto que eu tô pensando". Sensacional! Maravilhoso!

MINHA VIDA É UM LIVRO ABERTO
SÓ QUE NA PÁGINA ERRADA

Aí vão dizer: ah, o Simão é petista.
Não, sou revoltado mesmo. Rarará!

Adoro falta de pudor com a idiotia!

Essa é minha plataforma: Ônestidade, Ônradez e Ó proceis!

Não acredito no real. Dá licença de ter opinião própria?
Não faz parte dos direitos humanos ter opinião própria?

Eu vou criar um clube Yes Yes Yes. Se reúne todo o fim de semana pra fumar, beber, comer carne com gordura
e ficar se molestando sexualmente uns aos outros!

Eu sou PF: politicamente fumante. Cigarro adverte:
governo faz mal à saúde! O único problema de fumar é que
você fica com voz de travesti velho! Rarará!

Participe da campanha põe no Mail. Que eu ponho no tail. E detesto os domingos porque não recebo e-mail. Bate aquele sentimento de orfandade cibernética. Gostaram? Tá vendo como eu voltei fino de Paris?
Plebe rude e ignara!

E sabe o que vou fazer no Dia do Trabalho?
Deitar na grama pra ver formiga trabalhar.

Uma menina me perguntou o que eu era antes de ser tirador de sarro profissional. Fácil, tirador de sarro amador. Claro!

Sexo, sangue e baconzito com Coca cola!

E aí me perguntaram o que eu tava fazendo em maio de 68?
Um 69, é claro. Mas que pergunta!

Pra máscara de carnaval só falta um elástico.

Se eu ganhasse na Mega Sena eu desligava a secretária eletrônica e
o celular e entrava pra clandestinidade.

E o que vou fazer se eu ganhar na Mega Sena? Nada. NUNCA MAIS!

E aí me perguntaram: “Mas você não acredita em nada?”.
Acredito. EU ACREDITO EM GNOMOS!
Nóis sofre mas nóis goza!
Hoje só amanhã.
Vai indo que eu não vou!

OUTROS TÍTULOS
DESTE AUTOR
NESTA EDITORA

MACACO SIMÃO NO CIPÓ DAS ONZE

GUIA DO LAMAGATE

MACACO SIMÃO NO TETRA

Impresso pela Gráfica
VIDA E CONSCIÊNCIA
✆: 549-8344